사랑과 죽음의 유희

Le Jeu de l'Amour et de la Mort

로맹 롤랑 지음 | 유호식 옮김

범우사

국립중앙도서관 출판시도서목록(CIP)

사랑의 죽음의 유희 / 로맹 롤랑 지음 ; 유호식 옮김.
-- 파주 : 범우사, 2008
 p. ;   cm. -- (범우희곡선 ; 29)

원표제: Jeu de l'amour et de la mort
원저자명: Romain Rolland
"작가 연보" 수록
프랑스어 원작을 한국어로 번역
ISBN 978-89-08-08079-9 04860 : ₩6000
ISBN 978-89-08-08050-8(세트)

프랑스 희곡[--戲曲]
862-KDC4
842.912-DDC21   CIP2008001662

차 례

사랑과 죽음의 유희

이 책을 읽는 분에게

유학 시절, 중고 책방을 돌아다니면서 책을 사고 구경하는 일은 파리에서 누릴 수 있는 많은 즐거움 중의 하나였다. 어느 날 센 강 옆에 있는 한 책방에서 노신사분이 내가 골라놓은 책 중에서 로맹 롤랑의 《장 크리스토프》를 꺼내더니, 손자에게 선물하고 싶은 책이라며 자기에게 양보할 수 없겠냐고 물어왔다. 내가 꼭 읽고 싶은 책이라고 대답하자 그는 "좋은 취향을 가지고 있군요"라고 인사를 했다.

당시만 하더라도 '좋은 취향'이 무엇을 의미하는지를 제대로 이해하지 못했다. 하지만 프랑스 현대 문학을 전공하면서 작가들이 펼쳐보이는 다양한 삶의 양식과 철학적이고 지적인 사유에 끊임없이 감탄하면서도, 때로는 메마른 감수성과 히스테릭한 정서에 지칠 때가 있다. 그럴 때면 《장 크리스토프》와 같은 휴머니즘의 드라마, 선택한 삶-예술에 정열을 다 바치는

성장의 드라마를 읽으면서 좋은 취향의 작품이 무엇인지를 깨닫게 된다. 이 작품은 독자에게 올바른 삶의 방향이 무엇인지에 대해 성찰하도록 도와주면서 자신에게 닥친 위기를 이겨나갈 수 있는 용기를 준다.

《사랑과 죽음의 유희》의 번역은 출판사의 제의를 내가 선뜻 승낙함으로써 우연히 이루어졌다. 지금 생각해보면, 그동안 선후배들에게 졌던 책 빚을 조금이라도 갚고 싶은 마음이 없지 않았던 것 같다. 이 책을 번역하면서 인간의 의무라고 하는 조금은 다른 차원에서 《장 크리스토프》에서 맛보았던 감동을 새롭게 느낄 수 있었다. 읽어야 하는 작품과 좋아하는 작품이 얼마든지 다를 수 있음을 받아들이면서도, 어떤 책을 읽든 그것은 무엇보다도 한 인간을 이해하고 그에게 다가가는 행위라는 내 믿음에는 변함이 없다. 누군가가 프랑스어로 '읽기'는 '연결하기'라고 말했듯이 이 책을 통해 주변의 모든 사람들과 다시 한 번 굳게 연결되기를 원한다.

범우사 편집부 김영석 실장님에게 특별히 감사의 마음을 전한다. 한결같은 마음으로 지지해 준 부모님, 그리고 묘, 현준, 승준에게 전하고 싶은 고마움과 사랑은 말로 다 할 수 없다.

2008년 2월

역자

유럽에 대한 애국심과 우정이라는 종교를 갖고 있는
충실한 정신에게
이 드라마를 쓸 수 있도록 도움을 준
스테판 츠바이크에게
애정이 넘치는 마음으로 이 드라마를 바칩니다.

로맹 롤랑
1924년 8월

서문

《사랑과 죽음의 유희》는 혁명에 관한 나의 여러 작품들 중한 장을 이루는 작품이다.

내가 이 서사시적 드라마를 전체적으로 구상하고 글을 쓰기시작한 지 이미 25년이 지났다. 상황 때문에 그것을 중단해야한 적도 있었지만, 결코 포기하지는 않았다.

에스콜리에에서 〈7월 14일〉을 쓰는 동시에 〈당통〉의 리허설을 지켜보며, 나는 1900년에 다음과 같이 쓴 적이 있다.

초인간적인 고통과 힘을 가진 이 세계에 들어감에 따라나는 거대한 드라마틱한 시가 구성되고 있음을 느꼈다.나는 프랑스 민중의 일리아드라고 할 수 있는 대양이 솟구쳐 울부짖는 소리를 들었다. 의식의 문이 돌쩌귀에서 그처럼 격렬하게 뽑힌 적은 결코 없었다. 사람들이 영혼의

심연 위로 그처럼 깊숙이 몸을 숙인 적도 결코 없었다. 정
신의 동굴에 살고 있는 보이지 않는 신들과 괴물들이, 마
치 천둥처럼, 놀랍고도 끔찍한 이 순간보다 더 분명히 어
둠에서 솟아난 적은 결코 없었다. 내가 시도한 것은 지나
간 시대의 영웅적 드라마일 뿐만 아니라 삶의 힘과 한계를
시험하는 것이었다.

내 작업 방식에 따라 나는 생각이 작동하도록 내버려두었
다. 연작을 구성하기 전에 나는 연작들이 하나씩 저절로 이루
어지기를 기다렸다. 이제 그것은 거의 이루어졌다. 내가 인접
한 다른 밭(《장 크리스토프》, 《콜라스 브뢰뇽》)에서 일하며 《매혹된
영혼》이라는 영역을 새로 시작하는 동안, 연작은 천천히 익어
가고 있었다.
　내가 죽기 전에 내 밀을 추수하고 들여놓을 시간이 있을까?
잘 모르겠다. 하지만 그것은 중요하지 않다. 매 시간마다 즐거
움과 고통이 있는 법!
　머릿속으로는 혁명에 대한 극적 '무훈시'를 이루고 있는 이
일련의 작품들의 윤곽을 잡고 있긴 하지만 그것들을 미리 드
러내서는 안 될 것이다. 예술 창작을 해본 사람은 누구나, 익
기 전에 아직 어린 과일을 따서는 안 된다는 것을 잘 알고 있
다. 작품의 절대적 권위자에 의해 적나라하게 드러난 작품은,

캉돌 왕의 왕비[1] 처럼, 더 이상 그에게 속하지 않는 법이다. 작품이 완성되었을 때에만 그 작품을 눈앞에 내어 놓기를!

단지 이 연작이 12권으로 이루어졌고[2] 드라마 옆에 희화적 풍자의 자리를 마련해 놓고 있으며, 소란한 숲에 전원시의 둥지를 남겨 놓고 있음을 말해두고 싶다. 또한 민중의 태풍에서 울려오는 교향악적인 연극이 되었으면 한다는 것은 말해두고 싶다.

우선, 멀리 프라고나르가 그린 에르므농빌[3]의 하늘에서, 환각에 사로잡힌 선구자[4]의 생애 마지막 날들에서, 사회적 돌풍이 생겨나는 것을 보게 될 것이다. 그 돌풍은 돌격하는 발걸음으로 달려가서, 환희의 찬가를 부르며 활기찬 도취 속에서 성채를 뒤엎는다(《7월 14일》). 돌풍은 인간 가슴 깊은 곳에 잠들어 있는 악마를 깨우고 〈마법사의 제자〉[5]가 끌어낸 파괴의 힘

---

1) 헤로도토스에 따르면, 리디아의 왕 캉돌의 왕비는 매우 아름다웠다. 왕은 허영심 때문에 자신의 근위병이자 속내를 털어놓는 상대인 지제스에게 왕비를 엿보게 함으로써 자신이 얼마나 행복한지 알려주고자 했다. 자신이 목욕하는 것을 지제스가 엿보았음을 알게 되자, 왕비는 "나를 지켜봄으로써 너는 너에게 이런 명령을 내린 왕만큼이나 범죄자가 되었다"고 말하고, 왕을 암살하든지 아니면 즉시 죽든지 선택하라고 했다. 지제스는 왕을 죽이고 왕비와 결혼하여 리디아의 왕이 되었다.

2) 혁명극을 12권으로 구상했다고 말하고 있으나 실제로는 모두 8권으로 이루어졌다.

3) 프랑스의 풍경화가 프라고나르(Jean Honoré Fragonard, 1732-1806)가 그린 에르므농빌의 풍경화를 의미한다. 에르므농빌 공원은 지라르댕 후작의 소유지로서 1766년에서 1776년 사이에 루소의 영향으로 만들어졌고, 철학자 몽테뉴에게 바쳐진 전각이 있다. 루소는 이곳에 묻혀 있다가 프랑스 혁명 이후 팡테옹으로 옮겨졌다.

4) 루소를 지칭한다.

5) 1797년에 지은 괴테의 시. 마법사가 제자에게 물항아리를 채워 놓으라고 하며 자리

은 의지에서 벗어난다. 그것은 옷사 산 위의 펠리온 산,[6] 지롱
드당 당원들,[7] 코르들리에,[8] 자코뱅 당원들,[9] 당통[10]과 로베스
피에르,[11] 번개맞은 거인들(《늑대들》, 《이성의 승리》, 《당통》,

를 비우자 게으른 제자가 마법사의 빗자루를 이용해서 힘든 일을 하려고 한다. 그
러나 빗자루를 통제하지 못하게 되자, 빗자루를 조각내었는데 조각들이 전부 빗자
루가 되어 마법사의 집에 홍수가 나게 되었다. 마법사가 돌아와서 원래대로 질서를
되찾게 되었다. 이 시는 미키 마우스가 나온 월트 디즈니의 만화로 대중들에게 알
려져 있다.

6) 옷사 산과 펠리온 산은 그리스 테살리아 지방의 남쪽과 동쪽에 있는 산이다. 호메
로스의 《오디세이아》 11권 315-316행에 따르면, 이피메데아의 두 아들 오토스와 에
피알테스가 올림푸스 산 위에 옷사 산을 쌓고 옷사 산 위에 펠리온 산을 쌓아 올림
푸스 신들에게 전쟁을 일으키겠다고 위협한 데서 이 표현이 유래되었다.

7) 지롱드당은 1791년 말에 급진 좌파 정당인 자코뱅당에서 추방된 입법의회 좌파 의
원들이 구성한 당파로서 지롱드주 출신이 많아서 그 명칭으로 불렸다. 부유한 상공
업 부르주아와 지주의 지지를 받아서 온화한 의회주의, 소유권과 재산권의 옹호,
통제경제의 반대, 연방공화정을 제창하고 부르주아 본위의 정책과 현상유지를 주
장하였다. 루이 16세의 처형문제로 자코뱅당과 대립하였으며, 1793년 6월에는 자코
뱅당의 압력으로 지롱드당 의원 29명이 국민공회에서 제명되기도 하였다. 공포정
치 하에서 정치적 영향력은 완전히 사라졌다.

8) Club des Cordeliers : 당통이 1790년에 파리에 설립한 혁명클럽. 초기에 코르들리에
수도원에서 모임을 가졌기 때문에 이와 같은 명칭이 붙었다.

9) 자코뱅당은 1789년 프랑스 대혁명을 급진적으로 이끌었던 정치 분파로서 1793년 6
월부터 1794년 7월까지 혁명정부를 주도했다. 공포정치로 국내외의 반혁명 기도에
맞섰으나, 1794년 7월 27일 테르미도르의 반동으로 몰락했다.

10) Georges Jacques Danton (1759-1794) : 프랑스 혁명기의 정치가. 프랑스 혁명이 일어
나자 마라, 에베르 등과 함께 코르들리에 클럽을 결성하고 파리의 자코뱅 클럽에
가입하여 혁명운동을 주도했다. 1792년 8월 10일 봉기에서 코뮌과 의회 사이의 조
정 역할을 인정받아 법무장관에 취임하였다. 대단한 웅변가이며 낭비벽이 심하여
독직 소문이 무성하였다. 국민공회에서는 산악파에 속하였고, 자코뱅당 내의 우익
을 형성하였다. 혁명적 독재와 공포정치의 완화를 요구하고 경제통제에도 반대함
으로써, 1794년 4월 로베스피에르에 의하여 숙청되어 처형되었다.

11) Maximilien François Marie Isidore de Robespierre (1758-1794) : 프랑스 혁명기의 정치가.
1789년 삼부회 의원에 당선되고, 혁명이 일어나자 자코뱅당에 가입하였으며 1791
년 이후 사실상 당 지도자가 되었다. 1793년 6월 2일 산악파가 독재체제를 완성한

그리고 그 작품을 보충하게 될《로베스피에르》을 으스러뜨리고 무너뜨린다. 과거를 파괴하고 파괴자들마저 파괴한 후, 돌풍은 불꽃과 연기에 휩싸인 평원에서 나는 듯이 빨리 멀어진다. 붉은 구름은 새로워진 세계에서 멀리 떨어진 곳으로 가버린다. 에필로그[12]에서는, 혁명이 완수되자, 얼마 되지 않긴 하지만 제정 프랑스의 유배된 자들, 적이었던 왕당파와 혁명파가 화해하여, 조국으로 들어가는 문의 역할을 하는 쥐라 산맥의 다른 경사면에 있는 스위스의 한 계곡에서, 그들의 격렬했던 가슴으로 들어온 평화와 우리 모두에게 주어진 영원한 천상의 침묵을 맛보고 있다.

새로운 일들이 있음에도 불구하고 최근에 내가 중단했었던 이 작업을 다시 하기에 이른 것은 외국에 있는 친구들로부터 자극을 받았기 때문이다. 1793년 프랑스를 휩쓸고 불의 자취만 남겨 놓았던 폭풍우는 잦아들 듯 하면서도 동쪽으로 계속해서 나아갔다. 그 폭풍우는 독일과 러시아 평원을 습격했다. 서구의 천재들이 다른 민족들의 영혼을 괴롭히고 있는 반면 우리 민족은 선잠이 들어 포도주를 너무 강하게 익히고 있었다. 국

후로는 농촌의 봉건제도 붕식, 소농민과 프롤레타리아에 바탕을 둔 국가체제의 실현을 서둘렀다. 공안위원회에 가입하여 공포정치를 추진하였고, 1794년 3월 에베르파를, 4월에 당통파를 숙청함으로써 독재체제를 완성하였다. 테르미도르의 반동으로 그해 7월 28일 생쥐스트 등과 함께 처형되었다. 청렴결백하였으나 냉정하였고, 일생동안 독신으로 지냈으며 루소를 숭배하였다.

12) 혁명극의 마지막 권인《사자좌(Les Léonades)》를 가리킨다.

민공회에 대한 사람들의 열정은 우리 피에서는 약해졌지만, 저기 다른 곳의 피를 불태우고 있다. 베를린과 모스크바는 그 열정을 인정하였고 베를린 혁명 전투[13] 다음날, 막스 라인하르트[14]의 서커스 극장에서 있었던 〈당통〉의 상연은 대중들에게 놀라운 효과를 가져왔다. 왜냐하면 그 상연은 역사의 궁륭 아래에서 벌어졌던 그날의 싸움의 반향처럼 여겨졌기 때문이다. 그리고 《늑대들》은 독일, 체코슬로바키아, 러시아의 영혼들, 그리고 최근 지진으로 많은 사람들이 죽은 도쿄의 영혼들에게 비극적인 문제를 불러 일으켰다. 그 문제는 국가의 구원과 개인의 양심의 싸움 — 영원한 구원 대 공공의 구원의 문제로서 다시 관심의 대상이 되었다. 15년 전부터 나의 가장 충실한 친구이자 최고의 조언가인 선량한 유럽인 스테판 츠바이크[15] 는 작

---

13) 일차대전의 패전 이후, 평화 운동이 과격해지고, 10월 말 킬에서 있었던 수병들의 반란으로 사회 혼란이 전국적으로 확산되는 가운데 혁명파가 1918년 11월 9일에 베를린에서 일으킨 혁명을 말한다. 그날 사회민주당과 좌파인 독립사회민주당으로 구성된 인민위원정부가 수립되었다. 다음날인 10일 베를린 노동자 · 병사협의회는 집행위원회를 선출하고, 인민위원정부를 임시정부로 승인하였다.

14) Max Reinhardt (1873-1943) : 오스트리아에서 태어난 독일의 연출가로 1930년대 상징주의, 인상주의적인 경향의 희곡 작품을 연출하였고 시각적, 청각적 요소를 중시하여 상상력이 풍부한 무대를 만들었다. 그는 웅장하고 화려한 무대, 배우 중심의 조화로운 조형에 천재적인 감각을 보였다.

15) Stefan Zweig (1881-1942) : 오스트리아 태생의 독일 비평가, 작가. 로맹 롤랑과 베르하렌의 번역가. 정신분석의 영향을 받은 심리분석의 대가이며, 문명 쇠퇴기의 찬미자이다. 나치의 승리에 반대하여 1935년 독일을 떠났고 1942년, 재혼한 부인과 함께 자살했다. 대표작으로는 단편소설 〈아모크〉(Amok, 1922)이 있고 비평서로는 발자크, 디킨스, 도스토예프스키에 관한 《세 대가》(1919), 휠덜린, 클라이스트, 니체에 관한 《악령과의 싸움》(1925) 등이 있다.

가로서 나의 가장 중요한 의무 중 하나가 생생한 혁명의 산을 만들어가는 석공으로서의 임무임을 나에게 끊임없이 환기시켜 주었다. 그래서 나는 바위에 곡갱이질을 다시 시작하였다. 그리고 지난 봄에 내가 떼어낸 첫번째 바위 덩어리가 여기 있다. 나는 여기에 츠바이크의 이름을 새겨 놓았다. 그가 없었다면 이 덩어리는 여전히 땅 아래에서 잠자고 있었을 것이다.

*

프랑스 혁명을 잘 알고 있는 사람들은 첫눈에 나의 비극《사랑과 죽음의 유희》에 등장하는 인물들과 주제로 사용된 실제 사건들을 알아볼 수 있을 것이다. 모든 친구들로부터 버림받고 추방당한 자의 이 놀라운 모험은 루베[16]의 회고록이 제공해 주었다. 그는 죽게 될 것을 알고서 지롱드 지방에서부터 죽음의 입구인 파리로 돌아왔는데, 죽기 전에 연인의 입술에 키스하기 위해 현상금이 붙은 채 프랑스 전국을 떠돌았다.

이 연인의 모습에서, 사람들은 소피 드 콩도르세의 모습

---

16) Jean-Baptiste Louvet (1760-1797) : 프랑스 작가이자 정치가. 루베는 1795년에 "1793년 5월 31일 이후 내가 겪은 위험에 대한 간단한 이야기"라는 제목으로 회고록의 일부를 출판하였다. 이 회고록은 도피중이던 지롱드당 당원들이 겪었던 위험을 생생하게 보여줌으로써 혁명기의 심리 연구에 중요한 자료로 이용되고 있다. 회고록은 1889년에 전집으로 출판되었다. 루베는 이 작품에서 클로드 발레로 형상화되어 있다.

이 감춰진 것을, 우수에 찬 우아함을 지닌 카바니의 여자친구를 발견하게 될 것이다. 제롬 드 쿠르부아지에에게서는 이름과 성격으로, 백과전서파의 마지막 인물과 천재 라부아지에[17]의 순교자적인 모습을 이중으로 떠올리게 된다. 그 중에서 승자의 이마와 패자의 입을 갖고 있는 콩도르세[18]의 이미지가 더 지배적이다. 그는 뢱상부르의 다락방에 숨어서 가슴에는 죽음을 담고 눈에는 빛을 담은 채, 독약을 마시기 전에 자신의 '크레도'를 《인간 정신의 진보》 속에 썼다. 그것은 다음과 같은 신념의 외침으로 끝난다. "학문이 죽음을 이길 것이다." 콩도르세에 대해 달랑베르는 "눈 아래 있는 화산"이라고 말하곤 했다. 1793년의 끔찍한 겨울이 지나고, 3월의 태양 아래 눈이 이제 겨우 녹기 시작할 때, 드라마의 행동이 시작된다. 그러나 얼어붙은 모든 가슴에 불꽃은 숨죽이고 있었다. 달랑베르의 표현은 그 모든 가슴을 지칭할 수 있다. 나도 그 표현을 《유희》의 제목으로 사용할 수도 있었을 것이다.

내가 주인공들에게 취한 자유로운 태도에 대해 역사가들에

---

17) Antoine Laurent de Lavoisier (1743-1794) : 현대 화학의 창시자라고 불리는 프랑스의 화학자. 공포정치 하에서 단두대에서 처형되었다.

18) Marie Jean Antoine Nicolas de Caritat, Condorcet 후작 (1743-1794) : 프랑스 철학가, 수학가, 정치가. 백과전서에서 정치경제학 항목을 작성하였으며 사형제도와 노예제도를 반대하고 평등한 권리를 주장했다. 공포정치하에서 지롱드당 당원으로 지목되어 사형선고를 받았으나 단두대를 피하기 위해 음독자살했다. 그는 《인간 정신의 진보》에서 학문의 무한한 발전을 확신하고 인류의 지적이고 정신적인 진보가 교육을 통해 이루어질 수 있을 것이라고 확신했다.

게 사과를 구해야겠다. (쿠르부아지에가 국민공회 회기에 대해 한 이야기 가운데 내가 자유롭게 변형한 부분이 상당히 많다.) 나는 벌써 여러 번 내 《민중극》을 통해, 《혁명극》 서문과 최근에는 《몽테스팡》의 미국판 서문에서 역사에 대한 내 예술관을 표명한 바 있다. 나에게 역사는 열정과 자연의 힘이 저장된 곳이다. 나는 그 저장고에 의존하여, 도랑 깊은 곳에서 인간이라고 하는 위대한 동물들, 민중이라고 하는 천 개의 머리를 가진 야수와 맹수를 다루는 사람들을 다시 취한다. 그들을 비슷하게 만든다고 해서 나는 조금도 걱정하지 않는다. 왜냐하면 그들은 영원하기 때문이다. 나는 미켈란젤로가 주었던 고귀한 교훈을 기억하고 있다. 그는 메디치가의 로렌초가 아닌 '생각하고 있는 사람' 자체를 조각하며 이렇게 말했다.

"백 년 후에는 이것은 비슷해질 것이다."[19]

시인의 역할은 가능하다면, 칸타타 〈항상〉[20]을 노래하는 것

---

19) 여기서 언급되고 있는 조각은 미켈란젤로가 1521~1534년에 걸쳐 작업했던 피렌체의 산 로렌초 성당에 있는 로렌초 데 메디치의 조각을 가리킨다. 이 조각은 실제 모델이 된 인물과 닮지 않고 위험있고 단아하게, 마치 사색에 잠긴 사상가처럼 보이도록 추상적으로 조각되어 있는데, 여기 인용되어 있는 표현은 세월이 흐르면 아무도 모델의 실제 모습을 기억하지 못하며, 영원성을 표현하는 것이 예술의 목표라는 것으로 이해될 수 있다.

20) 〈für alle Zeit〉는 '항상'이라는 뜻이다.

이다. 역사 드라마의 예술적 힘은 그 역사 드라마가 과거에 어떠했는가에 있는 것이 아니라 항상 어떠한가에 있다. 1793년의 소용돌이는 아직도 세계를 돌고 있다. 우리는 옆에 있는 숲이 무너지는 소리를 듣는다. 우리 자신도 드레퓌스 사건 때, 《늑대들》의 털에 우리 털을 비볐었다.[21] 파리에서, 뤼메의 '민중극장'에서 있었던 한 연극에서 (조레스가 연설하던 극이었다), 나는 민중들이 순진하게도 당통, 로베스피에르, 바디에 등에게서 조레스[22], 게드[23] 그리고 이름을 언급하고 싶지 않은 다른 사람들을 알아보려고 애쓰며 말하는 것을 유심히 들어보았다. 민중들은 그런 인물들을 알아볼 수 있었다. 그 이후 우리의 반신半神들과 우리의 미노타우로스들은 모스크바에서 더 매혹적으로 다시 구현되었다. 나에게 역사의 매력이자 성과는, 이 영원히 다시 태어나는 자들, 프로테우스[24]의 천 한 개의 베일 아래 끊임없이 다시 태어나는 이 인간의 요소들이다. 무덤의 흙이 얼굴을 먹어 버리는 하루살이같은 개인들보다는,

---

21) 드레퓌스 사건에서 프랑스의 군부, 국민, 언론 등이 국가의 명예와 이익을 위해 진실을 조작한 사실을 암시한다.

22) Jean Jaurès(1859-1914) : 프랑스의 사회주의 정치가. 노조의 자유, 노동자 퇴직 연금 등을 주장했고, 신문 "위마니테"를 창간했다. 평화주의자로서 제1차 세계대전에 반대하기 위해 총파업을 주도했다. 민족주의 학생운동 소속의 라울 빌랭에 의해 암살당했다.

23) Jules Guesde(1845-1922) : 프랑스의 정치가. 프랑스 최초로 마르크스주의 신문을 창간했다. 노동자당을 창당한 후, 조레스의 사회당과 합당하여 사회당을 창당했다.

24) 그리스 신화에 나오는 변신과 예언의 신.

이 육체 속에 집을 만들고 이후에 다른 곳에 집세를 내는 힘이 역사의 매력이자 성과인 것이다.

그렇지만 나는 또한, 나의 화폭 속에 이 사라진 날의 특별한 광채를 간직하고자 한다. 하루하루는 자신만의 광채가 있기 때문이다. 나는 이 열정에 옷을 입히는 생기있는 스타일로 혁명의 드라마를 쓰려고 노력했다. 이 낡은 형식이 갖고 있는 위험을 나는 잘 알고 있다. 이 형식에 대해 일부 독자와 해설자는 거짓된 것으로 느낄 위험이 있다. 장 자크 루소의 타는 듯한 수사법은 로베스피에르가 끌어다 쓰기도 했고 셰익스피어적인 마네켄피스[25]인 당통이 내뱉는 격하고 냄새 나고 쓰레기 투성이의 공장 수로를 거쳐왔다. 그러므로 독자와 배우들은 길들여진 자신의 허풍은 벗어던지고, 글이 너무 많이 쓰여져서 뻣뻣하게 굳거나 경련을 일으킨 영혼을 감동시킬 필요가 있다. 이 긴 웅변조의 언어는 여러 가지 오해에 부딪힐 수 있다. 프랑스의 해석가들은 좀 덜하지만 외국의 해석가들은 그 오해에서 벗어날 수 없다. 왜냐하면 그들은 우리가 본능적으로 갖게 되는 감수성 양식에 대한 전통이 없기 때문이다. 게다가 프랑스에서도 여러 사람들이 잘못 생각하고 있다. 텐과 같은 지성도 (아마도 원치 않아서 그랬겠지만) 학구적으로 과장

---

25) 마네켄피스(Mannekenpis)는 오줌 싸고 있는 소년으로 브뤼셀에 있는 유명한 동상이다. 이 동상은 브뤼셀 사람들의 정신의 독립성을 상징하고 있다.

되어 있는 단어와 운율 아래에서, 또는 분명치 않는 무의미한 말들이 전개되는 가운데, 한 손에는 도끼를 들고 다른 손에는 그들의 머리를 들고 있는 ― 머리–잘린–세례–요한들! ― 국민공회 연설가들의 잡아먹을 듯한 정열, 끔찍한 성실성을 읽을 수 없었다. 이 음악을 이해하기 위해서는 각각의 화음에서 울리고 있는 적의, 사랑, 죽음……과 같은 연쇄적인 화성음을 들어야 한다. 그 연쇄적인 화성음을 손으로 잡으시길! 열기는 손바닥에 있다…….

내가 이 비극을 유희라고 이름붙인 것은 "나의 모든 것이 내기에 걸려 있다"는 의미의 유희다.

곱추왕 리처드는 전투에서 "말(馬)을 위해 내 왕국을 바치겠노라"라고 외쳤다……. 폭풍우가 지나가고 있다……. 번개를 위해 내 생명을! ― 나는 내 생명을 잃었고, 번개를 얻었다.

로맹 롤랑
1924년 8월

등장인물

제롬 드 쿠르부아지에	국민공회 의원, 60세
소피 드 쿠르부아지에	제롬의 아내, 35세
클로드 발레	추방된 지롱드당 의원, 30세
라자르 카르노	공안위원회, 41세
드니 바이요	65세
오라스 부셰	25세
로도이스카 스리지에	25세
클로리스 수씨	17세
크라파르	보안위원회 위원
티모레옹, 두쌩, 포단느	가택수색원

무대 배치

1794년 3월 말경, 파리에 있는 쿠르부아지에의 집.

정원에서 세 계단 올라간 1층에 있는, 커다란 유리창으로 둘러싸인 루이 16세 풍의 살롱.

무대 뒤쪽 벽 가운데에 유리로 된 문이 활짝 열려 있고, 그 문을 통해 계단 세 개를 내려가면 정원으로 갈 수 있다. 작은 정원에는 태양이 비치고 있다. 열려 있는 문을 따라 푸르고 장밋빛이 도는 라일락꽃이 활짝 핀 것이 보이며, 정원 끝에 담이 정원과 거리를 나누고 있는 것이 보인다. 담은 별로 높지 않다. 오른쪽 끝에 있는 말뚝 위로 아이가 올라가면 그 너머로 거리를 볼 수 있을 정도다. 담 위로는 저녁 하늘이 붉게 물들어 있고, 천천히 어두워진다.

살롱 내부

(1) 왼쪽 : 문 두 개. 하나는 각광 옆에 있고 다른 하나는 정원 옆에 있다. 정원 옆에 있는 문이 열리면 침실로 쓰이는 방의 구석이 보인다. 두 문 사이, 즉 왼쪽 벽 중간에는 대리석으로 된 높은 벽난로가 있다. 그 위에는 볼테르의 흉상이 있고,

뒤쪽으로 커다란 거울이 있다. 벽난로 왼쪽에 루이 16세식 책상이 있고, 책상 왼쪽, 즉 각광 가까이 있는 안쪽 문과 책상 사이에는 따로 떨어져 이야기할 수 있도록 낮은 의자들이 몇 개정리되어 있다. 벽난로가 튀어나와 있고 책상과 중국식 병풍이 있어서 정원에 있는 사람들에게는 그 의자들이 보이지 않는다.

(2) 오른쪽 : 문 하나가 왼쪽 벽에 있는 정원 가까이 있는 문과 마주 보고 있다. 그 문이 열리면 나선형 계단과 층계참 한 귀퉁이, 그리고 거리 쪽 1층으로 내려가는 계단 몇 개가 보인다. 대리석으로 된 벽난로 맞은편에 있는 창문은 거리로 향하고 있다. 이 창문 좌우에 있는 커다란 18세기 풍의 초상화에 이집 주인 부부가 그려져 있다. 아내는 20세 때의 모습으로, 신화적이고 전원풍의 알레고리로 그려져 있다. 남편은 디드로 풍으로, 실내복 차림인데, 목에 아무 것도 두르지 않은 상태이며, 머리 주위로 숄을 두르고 작업을 하면서 보이지 않는 청중에게 말을 건네고 있다. 이 초상화들은 정면의 벽난로 위에서 웃고 있는 볼테르의 흉상과 친하게 사교를 하는 것 같다. (두 개의 초상화 중에 각광에 더 가까이 있는) 쿠르부아지에 부인의 초상화 아래로 커다란 클라브생이 있어서, 따로 떨어져 이야기할 수 있는 또 다른 자리를 마련해주고 있다.

일반적인 인상으로는 사치에 익숙한 상류층 스타일로, 세

런된 계층인데 거북하고 무질서하고 파손된 흔적이 눈에 띈다. 커다란 벽난로는 비어있다. 끝에 가서야 그곳에 보잘것없는 불을 피울 것이다. 책상과 테이블은 서류로 어지럽혀져 있고, 서류 사이로 커피잔들이 보인다. 샹들리에에는 불이 켜있지 않다. 횃불 하나만이 곧 무대를 밝히는데 사용될 것이다.

1장

막이 오르면 적은 수의 사람들이 - 젊은 부인 두 명(소피 드 쿠르부아지에와 로도이스카 스리지에), 처녀(클로리스 수씨), 젊은 장교(오라스 부셰), 노인(드니 바이요) - 손을 잡고 만개한 라일락꽃 주위로, 그레트리[26]의 국민 원무곡을 부르며 돌고 있다. "무고한 사람들이 돌아온다네."

드니 바이요　　(숨이 차서 원무에서 빠져나오려고 한다.)

　　　　　　젊은이들, 제발!

클로리스, 로도이스카, 오라스

　　　　　　안 돼요, 안 돼요. 한번 더 해요!

---

26) André Grétry(1741-1813) : 벨기에 출신의 프랑스 작곡가. 오페라 코믹 장르를 완성한 것으로 평가받고 있다. 대표작으로는 《사자왕 리처드》(1784)가 있으며 프랑스 혁명기에는 당시의 상황을 보여주는 작품을 발표했는데 대표적인 상황극으로는 《공화국 처녀》(1794) 등이 있다.

한 손은 뺐지만 다른 손은 여전히 붙잡힌 채, 노인이 무대에 등장한다. 노인 뒤로 작은 무리의 사람들이 계속해서 노래를 부르며 따라온다. 그가 쓰러지듯 소파에 앉는다. 그가 웃으며 숨을 돌리는 사이, 세 명의 젊은이들은 그를 중심으로, 그레트리의 곡조에 맞춰 비꼬는 듯이 한번 더 원무곡을 시작한다. "자유의 나무를 심기 위하여."

클로리스가 노래를 부르며 라일락 가지로 왕관 모양을 만들어 노인의 머리에 씌워준다.

클로리스, 로도이스카, 오라스

> (노래 부른다.)
>
> "그의 부드러운 모습에, 다시 태어나세요,
> 나이 들어 얼어버린 당신들이여…….
> 당신들의 아들들이 웃으며, 이 꽃장식으로,
> 당신들의 흰 이마를 두르는 것을 보세요……."

소피   내 오랜 친구여, 내가 구해줄게요. 자, 젊은이들, 우리는 숨 좀 쉬게 해줘요! 춤추고 계속 도세요, 자, 자! 나이 든 우리들은 춤에서 빠질 테니까…….

드니   말도 안 돼! 나이 든 사람은 나밖에 없어요.

소피   자기 중심적이군요!

오라스, 로도이스카

우리가 보아도 말도 안 돼요! 농담이겠지요!

소피　　　나도 이제 인생의 반이 지난 걸요. (드니 바이요에
　　　　　게) 그렇게 말해봤자 소용없어요. 나도 나이 먹
　　　　　은 축에 속하니까요.

드니　　　정말 운이 좋군! 더 이상 말하지 않겠소.

로도이스카　우리가 가만히 앉아서 당신을 빼앗길 순 없죠!
　　　　　아니에요, 아니에요. 당신은 우리 쪽이에요. 당
　　　　　신이 가장 젊은 걸요!

소피　　　(관자놀이 위에 있는 흰 머리카락들을 보여주면서) 이 흰
　　　　　머리카락 좀 보세요!

로도이스카　잘도 찾아내네요! 잘 찾아보면 누구나 그만큼은
　　　　　찾을 수 있을 거예요.

오라스　　나도 있어요.

로도이스카　나도요.

클로리스　나도요.

모두　　　(웃으며) 안 그래요?

클로리스　진짜에요! 나도 하나 있어요. (그것을 보여준다.)

소피　　　금발이잖아요.

클로리스　흰 머리카락이에요.

오라스　　5개월 전부터 참아내야 했던 일들을 뒤돌아보면

흰 머리카락 없는 사람이 누가 있겠어요!

로도이스카 5개월 전이라고요! 두 배는 더 된 것 같아요!

클로리스 세 배는 더 된 것 같아요!

오라스 아니, 지난 겨울에 대해서만 말하기로 해요! 나머지는⋯⋯.

드니 그래, 차라리 말하지 않는 것이 더 좋겠소.

클로리스 아! 참 힘들었죠!

로도이스카 여러 주 동안 불도 없었고요!

드니 땔감도 없었고, 빵도 없었지!

클로리스 오! 얼마나 추웠는지 아침이면 침대에서 나가고 싶지 않더라니까요!

로도이스카 나는 내 침대 속에서 얼어 버릴 지경이었어요. 그 침대는 이제 너무 커요!

오라스 (의미심장한 눈짓을 하며) 침대를 채워야죠.

드니 한번은 땔감 한 자루하고 밀가루 일 스티에[27] 배급을 기다리느라고 베르시 둑에서 찬바람을 맞아가며 저녁 7시에서 아침 11시까지 16시간을 보낸 적이 있었소. 빙판길에 그것들을 외바퀴 손수레로 옮겨야 했는데, 두 번이나 넘어졌었지.

---

27) 밀을 세는 옛날 단위.

소피   배고픔과 추위 중에 어느 것이 더 참을 만했어
            요?

로도이스카, 클로리스

            오! 추위가 최악이죠!

오라스   아니에요. 배고픔이 최악이예요.

로도이스카, 클로리스, 소피

            추위예요, 추위, 추위라구요!

오라스   배고픔이예요, 배고픔, 배고픔이라구요!

로도이스카   밥벌레로군요!

클로리스   오! 나라면 아무것도 안 먹더라도 오 분 만이라
            도 발을 덥힐 수 있기를 천 배는 더 원했을 거 같
            은데요!

로도이스카   그렇게만 할 수 있다면 나는 울었을 거예요! (오
            라스가 웃는다.) 웃고 있죠, 야만인 같으니라고
            ……. 오! 당신이 알 리가 없죠!

오라스   군대 시절 모젤에서 눈 위에서 잔 적이 있었어
            요……. 사실, 몸을 덥히기 위해 보잘것없는 집
            을 태우긴 했지만요.

드니.   그 안에 있었던 사람들은?

오라스   자세히 들여다보지 않았어요!

클로리스   내 생각으로는 그렇게 추우면, 불태워지는 것

도, 그래요, 좋을 것 같아요!

로도이스카 그래서 몸이 덥혀지는 장소를 지옥이라고 부르잖아요!

오라스 지옥은 쫄쫄 굶은 채, 적에게 가는 것이에요.

로도이스카, 클로리스

아니에요, 추위에요!

오라스 아니, 배고픔이라니까요!

소피 우린 둘 다 가지고 있잖아요. 자, 질투하지 마세요!

클로리스 휴! 참 길기도 하네! 이 겨울, 이 겨울이 끝날 것 같지가 않아요.

소피 이제 끝났어요. 그것에 대해서는 더 이상 말하지 않기로 해요. 좋은 햇살을 즐기자구요.

드니 날씨 좋은 새 봄 첫날이에요……. 우리의 사랑스런 친구여! 그 첫날을 축하하러 당신의 정원에 우리를 초대하다니, 참 좋은 생각이에요!

로도이스카 활짝 핀 라일락 꽃에서 다시 태어나는 봄을 축하하러!

소피 나만을 위해 봄을 간직하고 있을 수는 없죠. 이 기근의 시기에는 행복의 부스러기라도 친구들과 나눠야 하니까요.

로도이스카   그래요, 행복은 드물어졌어요!

드니   행복이라고? 그 단어는 우리에게는 낯선 단어가
되어버렸지.

클로리스   웃어본 지가 참 오래 되었네요! 오! 하느님!
(울음을 터뜨린다.)

소피   왜 그래요?

클로리스   웃을 권리가 있긴 한가요?

드니   그래, 너무 고통스러웠어.

소피   (클로리스에게) 하지만 나는 그럴 권리가 있다고
생각해요. 그건 의무에요.

클로리스   난 가족들을 다 잃어버렸어요!

로도이스카   나도.

클로리스   나도.

드니   나도.

소피   쉿! 쉿!

오라스   (로도이스카에게) 우리가 잃어버릴 사람들에 대해
서는 걱정하지 않으세요?

로도이스카   함께 있는 사람들은 내가 지키겠어요. 그들을
잃어버리고 싶지 않아요. 그래요. 그것은 원치
않아요!

오라스   자, 다른 사람들은 더 이상 생각하지 말고 춤을

　　　　　　　춥시다!
로도이스카　　춤을 추자구요, 나쁜 사람!
오라스　　　　작은 친구, 당신도.

클로리스는 망설이며 소피를 쳐다본다.

소피　　　　가봐요.
오라스　　　자, 다시 원무를 춥시다!

세 명의 젊은이들은 정원으로 나가서 다시 원무를 추며 노래를
부르기 시작한다. 드니와 소피는 남아, 살롱의 왼쪽, 책상과 각광
가까이 있는 안쪽 문 사이에 앉아 있다.

드니　　　　전부 자기가 겪은 장례식들을 생각하는 거예요.
　　　　　　약혼자와 남편을, 그리고 나는 내 아들을. 모
　　　　　　두 죽었지요……. 하지만 삶이란 더 강한 거예
　　　　　　요…….
소피　　　　할아버지에게도 그런가요?

이 장의 초반부가 진행되는 동안, 소피는 애정이 넘치고, 미소
를 지으며, 평온한 태도를 간직하고 있다. 이와 같은 태도 때문에

그녀는 흥분한 다른 사람들과 구분된다.

드니   심지어 나에게도 그렇지요……. 부끄럽지만.
소피   할아버지만 그런 것은 아니에요. 들어보세요.

    정원의 담 너머로, 거리를 지나가는 노랫소리, 바이올린, 플
롯, 탬버린, 즐거워 외치는 소리가 들려온다.

드니   맞아요. 노래 부르며 지나가는 이 사람들 중에,
          자기 몫의 시련이나 자기 몫의 희생을 겪지 않
          은 사람이 하나도 없고, 전쟁이나 혁명의 희생
          자가 되지 않은 사람도 한 명도 없지요. 내일이
          되어도 어제와 마찬가지로 고통과 근심으로 짓
          눌리지 않을 사람이 한 명도 없으니까요.
소피   그래서 그들이 노래 부르는 거예요. 그것들을
          더 이상 생각하지 않으려고.
드니   그렇지만 생각할 수밖에 없어요. 보세요.

    정원의 원무가 중단되어 있다.

오라스   밖에서 사람들이 뭐라고 외치고 있지? 들어봅시

다⋯⋯.

밖에서 신문 판매원이 외치는 목소리를 듣기 위해 그들은 입을
다문다.

오라스   (반복하면서)

            "평등일보⋯⋯에서 대전투⋯⋯ 적이⋯⋯ 로."

            (담 쪽으로 달려가 말뚝 위로 올라가서는 담 너머로 손을

            내밀어 신문 판매원을 소리쳐 부른다.)

            여기요⋯⋯! 여기요⋯⋯. 고맙습니다!

그가 신문을 가지고 돌아온다. 젊은 여자 두 명이 신문을 읽기
위해 오라스 주위로 바짝 다가온다.

오라스   라 뫼즈에서 라인강까지, 왕들의 친위군단이 재
            편성되었어요. 공화국이 대응하려면 엄청난 노
            력이 필요하겠어요. 봄의 태양이 화덕에 다시
            불을 지피는군요. 귀대해야겠어요.

로도이스카   안돼요, 안돼요! 그러면 싫어요!

드니   우리가 뭐라고 "좋아요" 또는 "싫어요"라고 말할
            수 있을까요?

오라스   맞아요. 조국이 그것을 원하는데.

클로리스   조국이라고요? 이 끔찍한 사람들을 말하는 거
         죠!

로도이스카 맞아요, 공안위원회죠.

소피가 입술에 손가락을 댄다. 그들 모두 고개를 숙인다.

오라스   공안위원회가 옳아요.

드니   (기침한다.) 제일 힘이 세니까.

클로리스   공안위원회는 식인종과도 같아서 우리 모두를
         먹어버릴 거예요.

로도이스카 (손으로 입을 가리면서, 오라스에게 묻는다.) 그렇지만
         적어도, 즉시 떠나지는 마세요! 오라스, 즉시 떠
         나는 것은 아니죠?

오라스   예기치 않은 명령이 떨어지지만 않으면, 내 생
         각으로는 그렇지는 않을 거예요.

소피를 제외하고는, 모두 비정상적으로, 약간 열에 들뜬 듯 흥
분한다.

로도이스카 얼마나 더 머무르게 되죠?

오라스　　아마 한 달 정도.

로도이스카　오! 그러면 한 달…… 영원히…….

드니　　　행복한 젊음이군! 한 달 동안의 행복이라면 받아들이지 못할 것이 뭐가 있을까!

클로리스　나도, 나도 젊은데! 나는 아직 행복을 느껴보지 못했어요, 아직 느껴보지 못했다고요……. 오! 저는 한 달을 요구하지도 않겠어요……. 하루라도, 행복한 날이 하루라도.

소피　　　마음을 가라앉혀요. 그런 날을 갖게 될 거고, 나중에 행복한 날들을 많이 갖게 될 거예요. 당신에겐 인생이 많이 남아 있으니까요.

클로리스　아녜요, 아녜요. 인생은 짧아요.

소피　　　나는 당신보다 나이가 두 배는 더 많아요.

클로리스　그래요, 당신 시절에는…… 용서하세요! ……그렇지만, 지금은 같은 것은 하나도 없어요. 누가 내일 일을 확신할 수 있겠어요?

로도이스카　나에게는 오늘은 확실해요.

　　　　　(그녀는 오라스를 쳐다본다.)

오라스　　(그녀 곁에서, 손을 잡고, 작은 목소리로.)

　　　　　오늘 밤에…….

　　클로리스가 말을 엿듣고는 원망하는 눈으로 그들을 쳐다본다.

로도이스카   (그것을 알고는 웃으며, 소피의 무릎 위에 앉아있는 클로
            리스 쪽으로 가서 그녀를 쓰다듬으려고 한다.) 얘야!

클로리스   (화를 내며 몸을 뺀다.) 싫어요. 건드리지 마세요!
            (정원으로 달아난다.)

로도이스카   왜 저래요?

드니   (점잖게 비난하는 어조로) 잘 알고 있잖아요.

오라스   우리를 부러워하는 거예요.

드니   부러워하는 사람이 클로리스 혼자만은 아니죠.

소피   (드니와 오라스에게 웃으며) 가서 클로리스를 달래주
            세요! (로도이스카에게) 당신은 말고요. 이기주의
            자, 여기 남아 있어요!

    드니와 오라스는 나간다. 소피와 로도이스카만 남는다. 로도
이스카는 행복해서, 웃으며, 앉아있는 소피의 무릎에 몸을 던지
고, 팔로 그녀를 껴안는다.

로도이스카   그래요, 저는 이기주의자에요. 이기주의자, 이
            기주의자! 이기주의자가 되는 것이 이렇게도 좋
            으니, 이기주의자가 되지 않을 수 없을 거예요!
            꾸짖어도 좋아요! 꾸짖어주세요!

소피   (웃으며) 그래 봤자 아무 소용 없어요.

로도이스카   오! 아니에요! ……그렇게 하면 즐거움이 더해
          지는 걸요…… 아녜요. 저를 꾸짖지 마세요! 얼
          마나, 얼마나 고통스러웠는데요! ……죽음이라
          는 적이 내 남편 엑토르를 내 품에서 빼앗아 갔
          을 때! 아! 얼마나 울었던지!

소피   그를 잃은 때가 언제였죠?

로도이스카   (간단히) 여섯 달, 아니, 다섯 달 전이에요……. 맞
          아요, 10월이었어요. 더 이상 살고 싶지 않았었
          죠. 나한테는 모든 것이 끝났었으니까요…….
          그리고는 모든 것이 시작되었죠……. (고쳐 말하
          면서) 모든 것이 다시 시작되었어요……. 불쌍한
          엑토르! 소중한 오라스!

소피   모두 고대의 영웅들이군요…….

로도이스카   가만히 좀 계세요! ……나한테는 같은 사람들인
          것 같아요……. 놀리지 마세요.

소피   놀리는 게 아닌데…….

로도이스카   나의 엑토르도 나와 함께 즐거워하고 있다고 난
          확신해요……. 웃음이 나와요?

소피   당신도 웃고 있잖아요.

로도이스카   아뇨……. 맞아요……. 아! 정말, 사람들은 거짓
          말하는 것을 참 좋아하나봐요! 즐거워하는 것이

나에게 얼마나 필요한지 모르겠어요. 그 사람
도 즐거워하기를 원할 정도니까요. 물론 그 사
람이 더 이상 아무것도 느끼지 못하리라는 것은
잘 알고 있어요. 하지만 나는 느끼고 있는데, 내
가 틀린 걸까요? 말씀해 주세요. 아직 살아있다
는 이 보잘것없는 사실을 즐기고 싶다고 해서,
내가 그에게 잘못하고 있는 걸까요? 당신 생각
으로는 그가 나를 원망할 것 같나요? 아녜요, 아
녜요. 나를 행복하게 하는 것 때문에 그도 행복
할 거예요. 그렇지 않을까요? 왜냐면 그가 나를
그토록 사랑했었으니까요! ……그리고 그는 죽
었으니까요! ……불쌍한 엑토르! ……아! 산다
는 것, 산다는 것은 좋은 거예요!

소피   사는 것에도 여러 가지가 있죠. 당신에게 사는
것은 사랑하는 것이군요.

두 여인의 애정에 넘친 대화에서, 로도이스카는 소피의 지혜
를 존중하면서도 약간은 빈정거리는 태도를 보이고, 소피는 이런
찬사를 받으면서 미소를 띠긴 하지만 초조함을 조금 내비친다.

로도이스카   사랑할 때에만 삶이 있어요……. 또 웃으시는

군요……. 현명한 친구여, 그래요, 당신은 우리
의 약점을 넘어서 있어요. 당신의 삶은 아름답
고 아주 맑고 완전히 결합되어 있지요. 당신은
사회적 격동과 마음의 혼란으로부터 당신의 삶
을 지켜낼 수 있었어요. 당신은 특권을 가진 사
람이에요. 구름 한 점 없는 부부의 결합을 누리
고 있고, 정열의 광기에 한번도 물들지 않았잖
아요. 당신은 당신처럼 현명하고, 저명하고 존
중할만한, 그리고 어린 시절부터 경건한 애정
의 관계로 연결되어 있는 한 남자와 평온하고
거의 부녀지간 같은 그런 부부의 결합을 누리고
있죠. 변하지 않는 하늘과 같은 사람이에요. 아!
전 그분을 무척이나 존경해요!

소피   (미소를 지으며) 하지만 그 하늘을 당신의 구름과
바꾸지는 않을 걸요.

로도이스카   내 오라스와 말이에요? 안 되요, 안 되지요! 바
꾸지 않겠어요. 누구에게나 자기 몫이 있는 법
이니까요! 하지만 당신의 몫이 더 아름다워요.

소피   그것은 모든 사람들이 경탄하는 아름다운 여자
들과 같은 것이에요. 하지만 다른 사람들은 다
른 여자들을 사랑하는 법이죠.

로도이스카   그만 하세요! 사람들은 당신이 되고 싶어할 거
　　　　　예요……. 그런데 그렇게 될 수 있는 사람은 당
　　　　　신밖에 없거든요…….

소피　　　　(미소를 지으며) 그게 바로 제가 말씀드린 거예요.

로도이스카   (그 말을 듣지 못하고) ……당신은 볼테르의 친구였
　　　　　고 카르노의 친구인 위대한 사람의 속내 이야기
　　　　　를 듣는 절친한 친구이고 정치적 조언자죠…….

드니　　　　(막 들어와 마지막 대사를 듣고) 그분은 백과전서
　　　　　의 고문이었고 지금은 공안위원회의 고문이지.
　　　　　그래요, 그게 보편적 정신의 유일한 특권이에
　　　　　요……. 과학인이고, 박애주의자이고, 철학가
　　　　　이고, 아카데미와 국민공회의 회원이고……. 그
　　　　　영광은 선대왕의 통치하에서부터 이루어졌지만
　　　　　왕들이 몰락할 때에도 확실히 살아남았고, 그
　　　　　영광은 모든 사람들에게 인정받음으로써 정치
　　　　　체제가 바뀌어도, 미친 듯이 서로 싸우는 정당
　　　　　들 가운데에서도 아무런 해도 입지 않고 유지되
　　　　　고 있지요.

소피　　　　친구들이여, 당신들은 이 안전이 얼마나 허약한
　　　　　토대 위에 놓여 있는지 모르시겠죠.

드니　　　　어쨌든 우리는 그것이 이기적이지 않다는 것은

알고 있어요. 제롬 쿠르부아지에가 우리를 위해 그 영향력을 사용한 적이 아주 자주 있었거든 요. 우리의 궁핍을 덜어주기도 했고, 위기의 시 기에는 위협받고 있는 친구들을 보호해주기도 했으니까요!

로도이스카   그리고 우리는 이러한 보호가 누구 덕분인지도 알고 있어요. 지혜로운 동반자 덕분이죠.

드니   소피, 그게 바로 그 이름이지.

로도이스카   평온한 요정이죠.

드니   그에게 모든 것을 할 수 있는 사람이죠.

로도이스카   우리가 그것을 이용하기도 했었고요!

드니   어떻게 이용하지 않을 수 있을까? 제롬 쿠르부 아지에가 이 광란의 시기에, 삶과 죽음의 지배 자들 곁에서 조정자의 역할을 하고 있는 유일한 사람인걸.

소피   슬프지만 그 역할은 보잘것없는 것이에요. 그리 고 매일매일 더 약해지고 있어요.

로도이스카   (약간 샘을 내며) 어떤 일이 벌어져도, 적어도 당신 은 안전해요. 어떤 일도 당신에게 일어날 수는 없어요.

클로리스   (오라스와 함께 들어온다. 그녀는 조금 전의 슬픔은 완전히 잊어버렸다.) 오! 불쌍해라, 불쌍해라!

소피   무슨 일이에요?

클로리스   우리도 조금 전에 알았어요. (신문을 소피 앞으로 내
          민다.)

소피   또 이 끔찍한 신문이군요. 싫어요. 더 이상 읽으
          면 안되겠어요!

로도이스카   침착해요, 우리가 당신처럼 신문을 읽지 않을
          이유는 없어요. 신문을 읽는 것이 마음을 아프
          게 한다는 것은 잘 알고 있어요. 바로 그것 때문
          에 신문을 읽으니까요. (그녀가 신문을 든다.)

클로리스   아니에요. 들어보세요! 너무 끔찍해요! 페시옹,
          뷔조, 발레가……

소피   (고통스럽게, 그렇지만 고통을 억누르는 목소리로) 발레!
          (그녀는 자리에서 일어선다. 다른 사람은 아무도 그녀가
          움직이고 외치는 소리에 주의를 기울이지 않는다. 그들은
          신문을 들고 있는 로도이스카 주위에 모여 있다.)

클로리스   보르도 쪽에서, 그들을 발견했는데 반쯤은 늑대
          한테 먹힌 채로, 죽어 있었대요.

     모두 혼란에 빠져 있는 가운데, 소피가 혼란에 빠진 채 쓰러지
듯 주저앉아 아무런 행동도, 말도 하지 않는 것을 누구도 알아채

지 못한다. 그녀는 두 손으로 얼굴을 감싸고 움직이지 않는다.

오라스   (신문에 열심히 몸을 숙이고 있는 로도이스카, 클로리스,
     드니가 읽고 있는 것을 오라스가 요약한다.) 몇 달 전부
     터, 사람들이 그들을 추적했대요. 흔적을 추적
     하던 개들이 버려진 채석장에 있는 동굴에 이르
     러 페시옹을 발견했는데, 배는 열려있고, 내장
     이 나와있었대요.

드니   예전에는 파리의 일인자, 우리의 시장이었고,
     의회에서는 사랑받던 의장이었는데…….

로도이스카 (읽으며) 다른 사람은…… 얼굴이 뜯어 먹혔는
     데…… 오! 제기럴……. (신문을 다른 사람에게 넘겨
     준다.)

오라스   (계속해서) 코와 입술이 없어졌고…… 의심스럽긴
     하지만…… 그 사람은 뷔조인 것 같대요…….
     그렇지만 시체에 있는 서류에 따르면 그 사람은
     발레래요.

클로리스 불쌍해라!

드니   너무 그들을 동정할 필요는 없어! 그들은 단두
     대에서 빠져나갈 방법이 있었잖아. 지난 주에
     그들의 친구인 바르바루와 가데는 단두대로 갔

었지.

로도이스카   그래요……. 하지만 그들은, 그 전에 얼마나 고
통스러웠겠어요!

오라스   그 후에는 모든 것이 마찬가지죠…….

드니   그렇게 끝나게 되어 있어……. 이 미친 듯한 반
항은…….

클로리스   전에는 그 사람들한테 동의했잖아요.

드니   그런 적 없어!

클로리스   할아버지가 말하는 것을 들은 적이 있는데
요…….

드니   그런 적 없다니까!

클로리스   그들 모두를 존경했잖아요.

로도이스카   애야, 조용히 하자!

짧은 침묵.

드니   (기침을 하며) 그들은 사람들 모두를 속였어. 우리
는 그들이 더 강하다고 생각했지. 자기가 가장
약한 존재일 때 왜 반항을 하겠어?

침묵. 소피는 얼굴은 드러냈지만, 소파에서 움직이지 않고 앉

아 앞을 쳐다보며, 감정을 억누르고, 기계적으로 차가운 미소를 짓고 있다.

클로리스　　불쌍한 발레! 서른 살도 안 되었어요!
로도이스카　작년 봄에 그 사람하고 춤춘 적도 있어요…….
　　　　　　소피, 그 사람은 당신 친구였지요…….

소피는 대답하지도, 움직이지도 않는다. 로도이스카는 너무 흥분해서 그 사실에 주목하지 못하고 계속 말한다.

로도이스카　참 매력적으로 춤을 췄는데!
클로리스　　플로리앙 씨의 시를 얼마나 잘 읊었는데요!
로도이스카　용감하기도 했지! 그 사람이 튈르리 궁을 공격한 후에, 대표자들의 선두에 서서 머리칼을 흩날리며 행진하던 것이 눈에 선해요.
클로리스　　그 사람이 의회 연단에서 발언하는 것을 보러 가려고 난리가 났었죠.
오라스　　　그 사람은 풍자적이고 격렬했어요. 말에는 잔인하게 비꼬는 것이 있어서, 로베스피에르도 화가 나서 둥근 안경을 낀 눈을 깜박였으니까요. 그가 자기 반대자에게 심한 말을 하면 연단에 있

는 사람들과 방청석에 있는 사람들은 터져나오
는 듯한 그의 말을 들으며 웃느라 들끓고 소리
쳤었어요.

로도이스카 저는 그 사람의 입술을 보고 있었죠.

오라스 로도이스카, 질투심이 생기는데요.

드니 질투심이 생긴다고? 그의 입술이 없어진 것에
대해서?

로도이스카 아! 끔찍해라! ······왜, 하지만 왜 그는 정치라고
하는 불에 타죽으러 갔을까요?

오라스 사람은 야망이 있거든요······.

로도이스카 사랑하는 것이 더 낫지 않을까요?

오라스 조국을 구하고 싶어하죠.

로도이스카 나는 네가 나를 먼저 구하면 좋겠어! ······자기
가 사랑하는 것을 구해야 하니까.

드니 우선 자기 자신을 구해야 하지······. (그들이 반대
하자) 그래, 반대하는군! ······젊은이들, 내 나이
가 되면 알게 될 거야! ······야망과 사랑이 아름
답긴 하지만 그것들은 사라져 버리거든. 끝까지
남는 것은 자기 자신이지. 자기 자신을 보존하
는 것은 정말 빌어먹을 일이야!

오라스 맞아요, 살아남는 것이 오늘날에는 힘든 일이

되어버렸어요. 우리들에게는 살아남는 것을 배
울 시간이 없을지도 몰라요.

클로리스 나는 살고 싶어요, 살고 싶다구요. (드니에게) 저
에게 비법을 가르쳐주시겠죠…….

드니 무심해지는 거야. 죽는 것을 보거나 아니면 죽
는 것 중에, 얘야, 선택해야 하거든.

클로리스 저는 죽고 싶지 않아요!

클로리스, 드니, 오라스는 이야기하고 – 벌써 – 웃으며 멀어
진다. 소피 곁에는 로도이스카만 남는다. 두 여자는 정원에 있는
사람들의 눈에 띄지 않는, 책상과 각광 사이, 살롱 구석에 있다.

로도이스카 소피, 당신은 아무 말도 하지 않는데, 우리는 말
하고, 또 말하고, 흥분하고 있군요. 마치 발코니
에 팔꿈치를 괸 것처럼 움직이지 않고, 아름다
운 회색 눈과 말없는 미소로 멀리서 우리의 감
정을 쳐다보면서, 당신은 친절하지만 약간은 낯
선 관객으로 거기에 남아있어요. 참 평온하시네
요, 평온해요!

소피 (움직이지 않고, 목소리를 높이지도 않으며.) 맞아요, 평
온하죠. 깊이를 알 수 없는 고통의 평온함……

로도이스카   소피……!

(침묵)

뭐라구요……?

(침묵)

뭐라고 하셨어요?…….

소피는 대답하지 않고 움직이지도 않는다. 그러나 로도이스카는
몸을 숙여 그녀를 살펴보고는 갑자기 그녀쪽으로 몸을 내던진다.

로도이스카   내 친구여, 울고 있잖아요!

소피는 로도이스카가 말하지 못하도록 그녀의 입에 자기 손을
갖다 댄다.
침묵.
소피는 눈물을 닦기 위해 손수건을 찾는다. 로도이스카가 자
기 손수건을 집어서 부드럽게 소피의 눈을 닦아준다.

로도이스카   당신이 고통스러워 하다니? 모든 사람들에게 행
복의 이미지인 것 같은 당신이 말이에요……!
당신은 모든 것을 가졌잖아요. 사랑, 명성, 권

력, 그리고 당신의 남편과 당신이 만드는데 기
여한 혁명에 대한 신념까지, 모든 것을 다 갖고
있잖아요…….

소피　　　　(억누르며) 나는 가진 게 아무것도 없어요.

로도이스카　아녜요, 아녜요! 믿을 수 없어요!

소피가 그녀에게 말하지 말라고 손짓을 한다. 드니 바이요가
다가온다.

드니　　　　제롬이 공회에서 곧 돌아오지 않을까요?

소피　　　　(다시 대화하는 어조로) 회의가 언제까지 계속될지
전혀 예상할 수 없어요. 저도 때로는 새벽까지
밤새워 그를 기다리는 걸요.

드니　　　　하지만 오늘은 큰 사건이 있는 것 같지는 않은
데…….

소피　　　　오늘날 누가 한 시간 후의 일을 미리 말할 수 있
겠어요?

정원 벽 뒤의 거리에서 행렬이 지나가는 소리, 음악, 피리소리
와 북소리, 6/8박자의 걸음소리, 죄수 마차가 굴러가는 소리, 속
도를 내어 달려가는 말발굽소리, 대중의 비명소리가 들린다.

클로리스　　또 무슨 일이에요?

오라스　　새로 단두대로 데려가는 사람들이야. (그는 자기
　　　　　　목을 자르는 시늉을 한다.)

클로리스　　(귀를 막으며) 듣고 싶지 않아요……. (귀에서 손을
　　　　　　떼고 정원쪽으로 달려간다.) 오라스, 보러 가요! (그녀
　　　　　　가 오라스와 함께 퇴장한다.)

드니　　이제 죄수 마차가 이리로 지나가는 건가?

소피　　네, 플로랑탱 거리가 요즘 파헤쳐졌어요.

드니가 호기심을 못 이기고 두 사람을 따라 퇴장한다.

로도이스카　　(소피 곁에 혼자 남아) 소피, 믿을 수가 없군요
　　　　　　……! 조금 전에 말씀하시길…….

소피　　말하지 마세요!

로도이스카　　아녜요, 아녜요, 부탁이에요! 나를 친구로 대해
　　　　　　줘요!

소피는 그녀에게 정원의 문을 가리킨다.

로도이스카　　그래요, 이 끔찍한 소리는…….

그녀가 달려가서 문을 닫고 돌아온다. 약해지긴 했지만 아직
도 뛰어가는 발자국 소리와 비명 소리가 들린다.

로도이스카 말해 주세요! 나에게 말해 주세요! ……(소피의 손
을 잡고 입을 맞춘다.) 소피, 불공평해요. 당신 몫의
행복은 갖고 있지 않았나요? 당신의 결합을, 당
신의 사랑을 깨뜨릴 것은 아무것도 없었는데 말
이에요.

소피 (신랄한 어조로) 내 사랑이라구요? 아무도 나를 사
랑하지 않았어요. 나는 내가 존경해왔던 사람,
내가 존경하고 경탄하는 사람에게 내 젊음과 희
망의 힘과 나를 주고자 하는 욕구를 가져 왔어
요……. 그 사람은 그것으로 무엇을 했나요? 그
는 나를 자신의 신념에 희생시켰어요.

로도이스카 당신도 그 신념을 믿지 않나요?

소피 아! 그들의 신념이 나에게 무슨 소용이 있나요?
내가 신념을 좋아했다면, 내가 신념을 좋아한다
고 믿고 있었다면, 그것은 그들이 신념을 좋아
했기 때문이에요. 내가 신념에서 좋아한 것은
그들이었으니까요……. 그 신념은 그들과 나를
가지고 무엇을 만들어냈나요?

로도이스카 (이해하려고 애쓰면서) 그들이라고 말씀하셨나요?

소피 (격한 어조로) 내가 말하고자 하는 것은 이 신념을 내가 증오한다는 거예요……. 들어보세요!

문이 닫혀 있어서 소리가 죽어 있기는 하지만, 함성이 터져 나오는 소리, 격렬한 웃음소리가 들린다. 그리고는 소리가 잦아들면서 다시 아무 소리도 들리지 않는다. 소피가 오래 쌓인 적의를 드러내며 낮은 목소리로 말한다.

소피 나는 이 신념들을 싫어해요. 모든 신념은 환각적인 신기루 같은 거죠. 사람들은 인생을 파괴하는 악덕에 몰두하듯이 그 신념에 몰두해요. 삶은 아주 단순하고 아주 부드럽게, 거기, 우리 곁에 있어요! 삶을 얻기 위해서는 몸을 숙이기만 하면 돼요. 하지만 그들은 삶을 맛볼 수 없게 되어버렸어요. 그들의 신념은 광기가 되었고, 그들을 광적이고 치명적인 마비 상태에 빠뜨려 버리는 독약이 되었어요. 그들은 그 신념을 위해 나를 희생시킨 거에요……. 아! 그것은 또 아무것도 아닐지도 몰라요!

로도이스카 (소피의 입술을 뚫어져라 쳐다본다.) 또 뭐에요?

소피	그들은 자기 스스로를 희생시켰어요.
로도이스카	뭐라구요! 당신의 남편 말이에요?
소피	아니요, 그 사람이 아니에요.
로도이스카	그러면 누구라는 거에요?
소피	(마치 후회하듯이, 열정에 휩싸여) 조금 전에…… 들으셨잖아요……. 이 불쌍한 사람들…… 이 추방당한 사람들…….
로도이스카	(비명이 터져나오는 것을 억누르며) 발레군요!

소피는 대답하지 않기 위해 일어선다. 그 순간 정원의 문이 다시 열리고 클로리스가 뛰어들어와 소리친다.

클로리스	아! 맞춰보세요. 내가 수레 위에서 누굴 봤는지 맞춰보세요!

소피는 몸을 돌리고 로도이스카는 손짓으로 클로리스에게 저리 가라고 한다.

클로리스	(아주 흥분하여) 싫어요! 맞춰보세요. 그들이 지금 누구 목을 자르고 있는지 맞춰보세요! 라 레종이에요. 그들의 레종, 그들의 레종 드 생 외스타

　　　　　　슈라구요……. 그들이 미사를 드리던 그 뚱뚱하

　　　　　　고 작은 금발 여자 있죠……. 내가 바로 알아봤

　　　　　　다구요……. 라 레종, 라 레종이에요.

드니　　　　(철학적으로) 얘야, 이성[28]이 꺼져버린 지는 이미

　　　　　　오래 되었단다!

클로리스　　오! 그 상스런 말 좀 하지 않으면 안 되나요!

　　그들은 자신들이 소피와 로도이스카의 대화를 방해했다는 생각이 들어, 살롱 왼쪽 구석, 정원 문 가까이에서 계속해서 이야기한다. 소피와 로도이스카는 반대편, 즉 살롱의 오른쪽 구석, 각광 옆으로 물러나서, 커다란 클라브생에 몸을 숨긴다. 클라브생 때문에 계단 위, 오른쪽에 있는 문이 그녀들에게는 보이지 않는다. 그러나 그녀들은 왼쪽 벽에 걸려 있는 거울 앞에 앉아 있어서, 거울에 이 문이 비친다.

로도이스카　　(소피의 손을 다시 잡는다. 소피는 손을 빼려고 하지만 로도이스카가 손을 놓지 않는다. 낮고 집요한 목소리로) 발레가 맞죠? 소피, 말해주세요, 발레가 맞죠!

---

28) 라 레종은 프랑스어로 '이성'이라는 의미다. 라 레종을 처형하는 이 장면을 통해 작가는 공포정치 하에서 혁명의 정신이 사라지고 상징적으로 이성을 처형하는 것으로 당시의 상황을 형상화하고 있다.

소피   (손을 잡힌 채 앉아서, 고통스러워 고개를 돌린다.) 아! 그의 이름으로 나를 다시 한 번 고통에 빠지게 하지 마세요!

로도이스카   (소피의 손을 놓으며, 측은한 마음으로 가득한 채) 오! 불쌍한 사람! 어떻게 상상이나 할 수 있었겠어요? ……참 안됐군요! 끔찍해요! ……우리는 조금 전에 알지도 못하고, 당신 가슴에 비수를 꽂아 넣은 셈이잖아요! ……미안해요, 용서해주세요! 하지만 누가 생각이나 할 수 있었겠어요? …… 그래요, 전에 당신의 우정을 눈치채긴 했지만 말이에요.

소피   (낮은 목소리로 그리고 열정적으로) 나는 그를 사랑하고 그도 나를 사랑했지요. 그 사람은 내 인생 전부였고 나도 그의 인생 전부였어요. 적어도 나는 그렇게 생각하고 있었어요. 그런데 그건 사실이 아니었어요. 왜냐하면 그 사람은 이 불길한 신념을 위해 죽으러 갔으니까요……. 아! 그 사람이 신념을 위해 자신을 희생했다면, 나 또한 또 다른 신념을 위해 그 사람을 희생했고, 나 자신을 희생하고 있는 것은 아닐까요?

로도이스카   또 다른 신념이라니요, 소피?

소피　　　　(적개심을 품고) 내가 여전히 간직하고 있는 부부
　　　　　　의 명예 말이에요.

로도이스카　소피, 나에게 숨김없이 말해 주세요! ……당신
　　　　　　들은 연인이 아니었나요?

소피　　　　(점점 더 고양되면서) 아니었어요. 지금, 나를 절망
　　　　　　케 하는 것이 바로 그거에요! 그가 아무리 나에
　　　　　　게 애원하고, 내 마음이 그에게 굴복할 것을 나
　　　　　　에게 아무리 강요해도 소용이 없었지요. 제롬에
　　　　　　대한 생각과 서약에 대한 생각, 이성이라기보다
　　　　　　는 습관에 불과한 이 정조라고 하는 미신, 사람
　　　　　　들이 미덕이라고 부르는 맹목적인 이 우상을 위
　　　　　　해 나는 모든 것을, 내가 이 세상에서 사랑해 왔
　　　　　　던 모든 것을 희생했어요. 그리고 지금, 그 사
　　　　　　람은 죽어버렸죠. 지금, 나는 그 사람을 잃어버
　　　　　　렸어요. 그 정조가 무슨 소용이 있을까요? 무엇
　　　　　　에?

　　이제, 로도이스카가 소피를 진정시키려고 노력한다. 고통이
격렬해짐에 따라 소피의 목소리가 점점 더 커진다. 로도이스카는
소피에게 조심하라고 손짓을 한다. 하지만 방에 있는 다른 사람
들은 활발하게 대화하느라고 아무것도 알아채지 못하고 있다.

　소피가 말을 그친다. 로도이스카가 낮은 목소리로 그녀에게
말한다. 살롱의 왼쪽에, 정원의 창문을 향해 서 있는 세 친구들의
목소리와 웃음소리밖에는 아무 것도 들리지 않는다.

2장

갑자기 죽음과 같은 정적이 감돈다. 세 친구들(드니, 오라스, 클로리스) 앞에 있는, 계단으로 향하는 문이 열린다. 소피와 로도이스카는 그 문에 등을 돌리고 클라브생에 몸이 가려져 있어서 어떤 일이 일어나고 있는지 알지 못한다.

자코뱅식으로, 민중의 옷을 입고, 모자에 모표를 단 어떤 남자가 들어온다. 진흙으로 뒤덮히고, 강렬하지만 기진맥진한 모습이다. 말랐지만 강해보이고 눈빛이 타는 듯한 젊은이다. 쫓기는 것 같다. 그는 불쑥 문을 열고 들어오자마자 갑자기, 그러나 소리없이 문을 닫고는 층계에서 소리가 나는지 살핀다. 그리고는 문에 등을 기댄 채, 그가 들어오는 것을 지켜본 사람들 앞으로 돌아선다. 세 사람은 깜짝 놀라, 공포에 질린 듯한 몸짓을 하지만 너무나 혼란스러워서 한 마디도 할 수 없다.

그 순간 소피와 로도이스카가 정적 때문에 놀란다. 로도이스카는 왼쪽에 있는 사람들에게 몸을 돌리다가 깜짝 놀란 얼굴들을 보지만 아무것도 이해하지 못한다. 소피는 기계적으로 시선을 벽난로 위에 있는 커다란 거울 쪽으로 향하다가 거울에서 문에 기대고 서 있는 남자의 모습을 보게 된다. 그녀는 비명을 지르며 일어서지만, 모두 혼란에 빠져 있어 아무도 그 비명을 주목하지 못한다. 왜냐하면 바로 그 순간에……

드니, 오라스, 클로리스

       (비명을 지르며) 발레!

발레   (그들이 모여 있으리라고는 생각하지 못하고서) 드니

          바이요…… 부셰…… 클로리스…… 내 친구

          들…….

그의 목소리는 피로와 감동으로 쉬어 있다. 그가 갑자기 그들에게 가서 손을 내민다. 그들은 마지못해 손을 잡는다. 그러나 이미 그의 눈은 그들 뒤, 그들 주위에서, 살롱에서, 그가 보지 못한 사람을 찾는다. 갑자기 그녀가 보인다. 다른 사람들은 더 이상 존재하지 않는다. 소피는 일어나서, 뒷짐을 지고 클라브생에 몸을 기대고는, 감동과 두려움과 행복으로 휘둥그레진 눈으로 그를 쳐다본다. 그들에게 다른 사람들은 더 이상 안중에도 없다. 발레는 팔을 내밀면서 서둘러 그녀에게 간다. 그녀도 그에게로 온다.

발레   소피!
소피   살아있었군요!

    그는 그녀의 발에 몸을 던지고, 그녀의 다리를 껴안으며 옷 위로, 그녀의 무릎에 입을 맞추고 다리에 입을 맞춘다. 그리고는 일어나면서 무릎을 꿇고 사랑하는 여자의 몸에 그의 뺨과 눈, 입을 댄다. 그녀는 제지하지 않고 내버려 두고 손으로 사랑하는 사람의 얼굴을 쓰다듬는다.

발레   그녀야! 내가 그녀를 다시 찾아냈어! ……그녀
         와 함께 있어, 그녀를 안고, 그녀와 함께 있어!
소피   (몸을 빼지 않은 채, 그의 머리를 잡고, 얼굴에 몸을 숙여
         작은 목소리로 부드럽게 속삭인다.) 일어나세요!

    발레가 눈을 소피에게 고정시킨 채 일어난다. 그러나 일어나자마자 휘청거리고, 소피가 그를 부축한다.

소피   쓰러질 것 같아! ……오라스! 로도이스카! ……
         내 친구여, 나에게 기대세요! ……괜찮아요? 잘
         기대세요……! 자…… 여기…… 이 소파로…….

　　그녀는 각광 가까이 있는, 살롱의 왼쪽 구석에 있는 소파로 그를 데려간다. 발레는 등을 무대 안쪽으로 돌리고 관객들을 향해 앉는다. 그래서 발레도, 발레에게 몸을 숙이고 있는 소피도 뒤에서 어떤 일이 벌어지고 있는지 알 수 없다. 드니 바이요가 먼저 사라지고 다음으로는 클로리스가 서둘러 사라진다. 오라스 부셰는 계단을 향한 문에서 로도이스카에게 이리 오라는 손짓을 하고는 사라진다. 로도이스카는 망설이면서 그리고 감동되어, 소피가 부축하고 있는 발레와 자신을 부르는 오라스를 번갈아 쳐다본다. 마침내 결심을 하고는 무대 왼쪽 구석에 있는 의자 위에 놓아둔 숄을 가지러 살롱을 가로질러 간다. 이 모든 것은 소피가 발레를 소파에 데려 가서 앉히는 짧은 순간에 이루어진다.

소피　　　(뒤는 쳐다보지도 않고, 계속해서 발레에게 말을 한다.)
　　　　　……피로해서 죽을 지경이군요…… 누우세요……. 아무것도 먹지 않았지요? ……클로리스! 로도이스카! 도와줘요. 커피 좀 갖다 주세요……. 거기 탁자 위에 있는 컵 좀 주세요…….
　　　　　(아무 대답이 없자 놀라며 뒤를 돌아본다.) 어디 있는 거예요……? 모두……!

발레　　　(소파에 앉아 움직이지 않은 채, 무슨 일이 있어나고 있는지 보지 않고도 쉽게 상황을 이해한다.) 나에게 다가오는 모든 사람들에게 내가 위험인물이라는 것을 모르시겠어요?

네 친구들 중에, 숄을 찾느라 살롱을 두 번 가로질러야 했던 로도이스카만이 늦어져 아직 문턱에 있다. 그때 소피가 몸을 돌리고 그녀를 본다.

소피　　　(화가 나서) 로도이스카……!

부르는 소리에 동요되고 수치심에 사로잡혀서, 로도이스카가 걸음을 멈추더니 몸을 돌리고는 망설이며 소피 쪽으로 몇 걸음 걸어간다. 소피가 발레를 내버려두고 그녀 쪽으로 다가온다. 그녀는 혼란스러워하며 속삭인다.

로도이스카　　　(빨리, 거의 낮은 목소리로) 미안해요…… 미안해요, 비겁하다는 것은 나도 알고 있어요. 그렇지만 지금…… 특히 지금…… 난 살고 싶어요! (마지막 소리는 거의 들리지 않는다. 그녀는 서둘러 나간다.)

잠시 마음이 상했지만, 소피는 마음을 가다듬고 탁자에 가서 잔에 커피를 따라 약간의 빵과 함께 발레에게 가져온다.

발레   (움직이지 않는다.) 내 힘을 존경할 만 하지요! 내가 들어가는 곳마다 두려움이 들어오거든요. (자신을 가리키며) 이 불쌍한 남자는 더 이상 서 있을 수도 없으면서 도망치고 있고, 사람들은 그 사람에게서 도망치지요. 내가 프랑스 전국을 떠돌며 모든 집에서 쫓겨난 지도 오 개월이 되었어요. 도르도뉴에서 추방자는 일곱 명이었지요. 파시옹, 바르바루, 뷔조, 가데, 살, 발라디. 우리가 문을 두드린 친구만 30명이었어요. 하지만 단 한 명도 문을 열어준 사람이 없었어요. 우리는 우리 발자국 위로 단두대의 그림자를 끌고 다녔으니까요. 그들은 우리와 그 그림자를 보고는 얼마나 놀랐던지, 우리가 예고도 없이 들어갔던 한 친구의 집에서는 우리를 죽이려고도 했어요. 그런데 마음이 모질지 못해서, 우리가 계속 그곳에 머문다면 자기가 자살하겠다고 우리를 위협했었어요……!

(격하고 쓰라린 미소를 짓는다.) 어느 날 밤에는 비가 억수로 쏟아지는 가운데 경작된 밭을 걸었어요. 누군가가 우리를 고발해서 숨어 있던 채석장을 떠나야 했거든요. 마지막 희망이라고는 옛

날에 우리 집안과 친했던 한 집으로 가는 것이
었어요. 변호사였을 때, 내가 형사 소송에서 그
집안 사람 한 명의 명예를 구해준 적이 있었거
든요. 어두운 밤에 길을 잃었는데, 젖은 땅에 몸
이 허벅지까지 빠져들더군요. 나는 무릎을 삐었
어요. 우리는 여섯 시간을 걸어서 지친 상태로
도착했어요. 문을 두드리고 30분을 기다렸죠.
비를 맞으며 찬바람이 부는 곳에 있으니까 이빨
이 덜덜 떨리더군요. 문이 반쯤 열려서 내 이름
을 말했더니 문이 다시 닫혔어요. 다시 30분을
기다렸지요……. 오한이 들더니 난 의식을 잃
고 말았어요. 누군가가 한 시간을 생각한 끝에
겁에 질린 목소리로 우리를 받아들일 수 없다고
말하더군요. 나는 진흙 길에 누워 있었어요. 열
쇠 구멍으로 친구들이 "단 한 시간만이라도 좋
으니 지붕 아래에서 몸을 피하게 해주세요!"라
고 외쳤지만, 대답은 "안 됩니다!"였어요. "물 한
잔과 정신 차릴 수 있도록 약간의 식초라도 좀
주세요!" "안 돼요!" 우리는 다시 도망쳐야 했지
요……. 인간에게 저주를!

소피는 발레 옆에 서서, 동정심에 몸이 얼어붙은 채, 그의 말에 고통스럽게 귀기울이고 있다. 분노와 경멸이 터져나오는 것을 억제하느라 말이 끊기면서도, 발레는 음울한 목소리로, 머리는 둔해지고 시선은 발 아래 바닥에 고정한 채, 이 이야기를 하고 있다. 그리고는 갑자기 소피 쪽으로 몸을 돌리더니 쉬었지만 열렬한 어조로 그녀에게 묻는다.

발레   당신은, 당신은 나를 쫓아내지 않겠지요?

소피   (그에게 몸을 기울이면서, 부드럽게 그에게 잔을 내민다.) 불쌍한 내 친구, 드세요! 녹초가 되었네요,

발레   (잔을 잡지 않고, 똑같은 신랄한 어조로) 내가 죽음을 가져왔으니 나를 쫓아내세요!

소피   (발레의 입술에 잔을 가져가서 그가 마시는 동안 들고 있다.) 드세요! (그가 허겁지겁 마시더니 계속해서 말하려고 하자) 더 이상 말하지 마세요! ……드세요! ……먼저 좀 쉬세요.

잠시 침묵. 그동안 소피는 부지런히 그를 돌보고 측은해 하는 어머니처럼 그가 먹는 것을 쳐다본다. 발레는 그녀의 손을 잡고 오랫동안 키스한다. 그녀는 손을 빼려고 하지 않고 쓸쓸하지만 애정이 넘치는 태도로 미소를 짓는다.

소피   (잠시 후, 발레의 머리 위에 손을 얹는다.) 어떻게 오셨
어요? 어떻게 여기까지 올 수 있었나요?

발레   내가 대답할 수 있는 힘을 내기를 원하시면 내
앞에 앉으세요! 당신이 얼마나 보고 싶었는지!
……더 가까이 ……여기에 앉으세요……!

(그는 그녀를 자기 앞, 아주 가까이에 앉히고는 이야기하
는 동안 손을 잡고 있다.) 오 신이여! 그녀로군……!
이젠 더 이상, 그토록 여러 달 동안 내 발걸음
앞에 떠다니던, 잡을 수 없던 이미지가 아니
야…… 바로 그녀야. 내가 그녀를 잡고 있어. 내
손바닥에 그녀의 손바닥을, 손가락의 부드러운
부분을, 내 살 속으로 녹아드는 그녀의 따스한
살을 느끼고 있어…… 아니, 손을 빼지 마세요!
내가 빠져나온 심연에 다시 떨어지지 않도록 해
주세요! 당신 손으로 나를 잡아주세요! 나를 구
한 것은 바로 당신의 손이니까요.

소피   이 손이 그런 힘을 가졌다면 좋았을 것을……!
친구여, 이야기해주세요! 이 순간들을 이용하기
로 해요. 어떻게 도망쳤나요?

발레   내가 조금 전에 말했던 그 순간, 잔인하고 비겁
한 친구들이 다친 개가 애원해도 거절하지 않

을 물 한 사발까지 우리에게 거절했던 그 순간
에, 과도한 절망 자체가 우리를 되살렸지요. 분
노 때문에 나는 의식과 힘을 다시 찾았습니다.
나는 일어나서 이렇게 외쳤어요. "달아납시다,
사람들을 피해 무덤 속으로 달아납시다. 하지만
다시는 비열한 인간들 앞에서 숨지 말고, 우리
앞으로 곧장 나아갑시다. 그들을 짓밟아 버리거
나 아니면 죽는 겁니다! 더 이상 중간이란 없으
니까요!" 우리는 다시 대로로 나섰어요. 거기에
서, 비 내리는 가운데 희미하게 빛나는 여명 속
에서 나는 친구들을 껴안고 그들과 얼마 남지
않은 내 아시냐 지폐[29]를 나누어 갖고 속옷과 옷
들을 넣어둔 작은 짐을 비롯해서 걸어갈 때 몸
을 무겁게 할 수 있는 모든 것을 버려버렸어요.
파리로 돌아갈 것을 결심했거든요. 친구들은 내
가 미쳤다고 생각했지만, 어느 것도 내 결심을
흔들지는 못했을 겁니다. 그리고 그들은 그렇게
하려고 하지도 않았고요. 왜냐하면, 모든 것을
잃었을 때, 조심해야 할 것이 뭐가 있을까요? 이

---

29) 1789년부터 1797년 사이에 통용되었던 지폐.

제는 살아남는 것만이 문제였어요. 당신을 다시 보는 것이 문제였지요.

소피 (깜짝 놀라며) 나라고요!

발레 당신이에요. 내가 사랑한 모든 것은 당신이에요……. 그리고 당신도 그것을 알고 있죠! 사교계의 희극은 연기하지 않기로 해요! 더 이상 사교계도 없고 아무것도 없으니까요. 오직 당신만. 당신과 나…… 이 노랗고 질퍽거리는 대로에서, 안개가 피어오르는 이 곧장 뻗어있는 대로에서, 당신의 영상이 번개처럼 솟아올랐어요. 그 충격에 나는 볏단처럼 타올랐고 다른 것은 모두 사라졌어요. 오직, 영원한 죽음이 닥치기 전에 당신을 다시 보려는 생각뿐……! 타오르는 듯한 포도주 한 모금처럼…… 당신이 나를 취하게 만들었지요. 비에 젖어 꽁꽁 얼어붙은 채, 열 때문에 몸은 떨리고 발은 부어오른 채, 일 분 전에는 발바닥을 땅에 내려놓을 수 없을 정도였었는데 나는 즉각적으로 몸을 일으켜 앞으로 나아갔어요. 내 몸이 아무리 무거워도 나는 내 몸을 당신에게 가져다 줄 책임을 떠맡고 있었으니까요. "내가 넘어진다면, 적어도 내가 넘어지면서

그녀 쪽으로 얼굴을 돌리고 있다는 것을 그녀가
알 수 있기를!" 하고 생각했지요. 리베락 근처
에 있었는데 가짜 여권은 있었지만 관할군의 비
자가 없었어요. 여기까지 오기 위해서는 도중에
적어도 20개가 넘는 군청 소재지와 도청 소재지
를 지나야 했어요. 다행히 농부들은 글을 읽을
줄 몰랐어요. 나는 스스로 비자를 만들고 서명
을 위조했어요. 잠은 마을에서만 잘 수 있도록
조치를 취해야 했고 도시를 통과해 지나가기 위
해서는 도시 입구에 있는 보초들의 주의를 속여
야만 했지요. 내가 어떻게 통과했는지는 나한테
도 더 설명할 수 없어요. 전에는 내가 침착했었
지만 이제는 더 이상 침착할 수 없을 거예요. 하
지만 믿음이 저를 지켜주었어요. 길에서 내딛는
걸음마다, 장애물을 극복할 때마다, 어려움을
이겨낼 때마다 그 모든 것은 나를 그녀에게 -
그녀에게 - 당신에게 가깝게 데려다 주는 것이
었으니까요. 고통이 다시 찾아왔어요. 그 고통
이 얼마나 날카로웠는지 몰라요. 걷기 위해 애
를 쓰느라 땀에 흠뻑 젖어 있었죠. 사람들이 내
신분증을 보기 위해 나를 세울 때면, 마치 방데

에서 부상당한 사람처럼 부어오른 다리를 보여
주었어요. 도시에 들어가면 매번, 동료 중의 한
명이 고문을 당하고 죽었다는 것을 알게 되었어
요. 밤이면, 호주머니에 권총 두 정을 넣고 옷을
입은 채, 누더기가 된 장갑에 싼 아편 덩어리 몇
개를 몸에 감추고 누웠어요. 내가 산 채로 붙잡
히는 일은 없었을 거예요……! 아침에 일어나면
전날보다 더 지친 상태였어요. 마치 밤에, 뒤에
서, 얼어붙은 땅을 울리는 발자국 소리를 들으
며 추적당하는 사람처럼 나는 항상 더 빨리 가
곤 했어요. 죽음이 내뿜는 호흡소리가 내 뒤를
바짝 따라왔어요. 나는 그것을 느끼고 있어요.
죽음이 나를 따라오고 있어요……. 이 죽음을
내가 당신 쪽으로 데려오고 있음을 생각했어야
할 거라고 말씀하시겠지요……? 나도 그것을 생
각해 봤어요. 기사도를 갖춘 애인이라면 자기
가 좋아하는 사람을 위험에 빠뜨리기보다는 그
녀를 만나기를 포기해야 할 것이라고……. 나는
아니에요! 내 사랑은 당신의 생명을 염려하는
것보다 훨씬 강해요. 당신이 죽으면 나도 죽는
거죠, 좋아요……! 하지만 당신을 다시 보기 전

에는 죽지 않아요. 내가 당신을 보는 것처럼, 당신을 다시 보기 전에는. 당신을 사랑한다고 말하기 전에는……. (그는 그녀의 손을 잡고, 숨을 계속 크게 내쉬며 그녀에게 말한다.)

소피   (몸을 **빼려고** 하지 않는다. 둘 다 도취되어 있다.)
그리고요?

그는 마치 이해하지 못한 것처럼 침묵을 지킨다.
그녀가 다시 말한다.

소피   그 후에, 당신은 어떻게 될까요?
발레   더 많이 생각해 보진 않았어요.

그들은 잡은 손을 놓고, 내적인 혼란 때문에 숨이 막혀 침묵을 지킨다……. 소피가 갑자기 몸을 뒤로 하더니 일어나서 클라브생의 뒷면에 기댄 채 두근거리는 가슴이 진정되기를 기다린다. 발레는 그녀 앞에 몸을 숙인 채 앉아서, 엄격하고 차가운 시선으로 바닥을 뚫어져라 쳐다보며 움직이지 않는다. 그의 시선에는 격렬한 감정이 억눌려 있다.

소피   (스스로 마음을 자제하고 발레 쪽으로 돌아와서 말한다.)

친구여…… 내 소중한 친구여…… 고마워요.

발레 (화를 내며 고개를 든다.) 당신이 고맙다고 말하는
것을 원한 것은 아니에요.

소피 (잠시 뜸을 들였다가) 나는 수많은 사람들이 지나다
니는 이 도시에, 이 집에 당신이 있다는 생각을
하면 몸이 떨려와요. 그 사람들은 당신이 누구
인지 알아볼 수 있으니까요.

발레 이제, 그것이 나에게 뭐가 중요하겠어요?

소피 하지만 나에게는 중요해요! 당신은 이곳에, 내
보호 아래 있기 위해 오셨죠. 나는 당신을 구해
야 하고 또 구하고 싶어요.

발레 인간들을 해방시키기를 원했던 사람에게, 구원
도 없고 땅위에는 도피처도 남아 있질 않아요.

소피 국경으로 가서야 해요. 더 나은 때를 위해 신중
히 행동해야 해요. 당신이 필요할 거예요. 당신
의 명분과 당신의 조국이…….

발레 나에게는 더 이상 그것들이 필요 없어요. 나에
게는 오직 당신만이 필요해요.

소피 발레, 제발 부탁이에요! 당신의 생명을 희생하
지 마세요! 어디에 숨을지, 어떻게 도피할 수 있
을지를 찾아봐요!

발레	도피한다고! 내가 다시 도망칠 거라고 생각하세요? 이제 막 치러낸 시련을 다시 시작할 수 있을 거라고 생각하세요? 이 다섯 달에 걸친 단말마의 고통을! 인간의 이성이나 힘으로는 충분치 않아요. 나를 당신에게 이끌어 주었던 것과 같은 믿음이 없다면 할 수 없는 일이에요. 당신으로부터 멀어진다면 무엇이 나를 지탱해줄 수 있을까요?
소피	(열정적으로) 내가요!
발레	당신이!
소피	내가 할 수 있어요! ……내 사랑!
발레	(일어나며) 너의 사랑이라고![30]
소피	당신이 죽는다면, 저도 더 이상 살 수 없을 거예요!
발레	그렇다면 너도 나를 사랑하는구나! 네가 나를 사랑하다니!
소피	당신도 알고 있었어요. 왜 내게 굳이 말하도록 강요하나요?
발레	네가 그 말을 하다니! 한번 더 말해줘!

---

30) 사랑을 확인하는 순간 소피에 대한 호칭이 경어체에서 친밀감을 표현하는 일반 어투로 바뀐다.

소피	싫어요.
발레	해줘. 다시 말해봐!
소피	사랑해.

그들이 포옹한다.

발레	너의 입술! 아! 마침내 그 샘에서 목을 축이는구나……! 그대로 있어! 가지마! 나를 싫어하지마! 나의 비참함, 내 더러운 옷, 내 손, 진흙 묻은 내 발, 땀 냄새나고 먼지 냄새나는 내 몸을 용서해줘! 부끄러워……!
소피	사랑해, 너의 비참함을, 네 손의 먼지와 네 발의 진흙까지도 사랑해! (몸을 숙여 그의 손과 옷에 키스한다.)
발레	(그녀를 붙잡고, 손으로 그녀의 머리를 들어올려 그녀의 눈을 똑바로 쳐다본다. 소피는 그의 시선에 완전히 자신을 내맡긴다. 열렬한 침묵이 지난 후) 아! 인생은 얼마나 아름다운가……! 이제 살 것 같아. 살고 싶어. 그들은 나를 붙잡지 못할 거야! 내가 혼자였을 때에도 적들로 가득 찬 세상을 헤쳐 나갈 수 있었는데, 내가 너를 얻은 지금, 이 세상에 맞서지

못할 이유가 뭐가 있을까……! 우리가 하게 될 것을 들어봐……! 너라면, 나한테 위조 여권과 변장에 필요한 것, 자코뱅 당원 복장을 구해 주는 것이 어렵지 않을 거야. 나는 공용마차를 타고 파리에서 돌까지 가고, 거기서부터는 걸어갈 거야. 고원을 통해 국경까지 가는 길을 알고 있거든. 국경을 넘기 전에 며칠 동안 나무꾼의 오두막집에서 몸을 숨길 수 있겠지. 일주일 후에 네가 파리를 빠져나오고, 내가 지정한 은신처로 5~6리 정도 되는 길을 걸어서 나를 만나러 오면 되는 거야. 길은 눈에 덮여 있지만 걷는 것을 두려워하진 않겠지. 우리는 같이 쥐라 산맥에 올라 정상에서 자유의 땅 스위스를 보는 거지. 몇 시간이 지나면 우리는 구원받는 거야.

소피   (격류처럼 흘러나오는 이 의지에 흥분되었지만 마음을 잡으려고 애쓰면서) 우리라고? 내가? ……내가 당신을 따라간다고?

발레   너는 내 것이니까!

소피   그럴 수 없어요! 그럴 수 없어!

발레   네가 원한다면 할 수 있어.

소피   그럴 수 없어요!

발레　　누가 너를 막는데?

소피　　내 의무가.

발레　　(쓰라린 목소리로) 의무라고! 이 황량한 세상에서
　　　　그 단어는 죽이는 데에만 사용되는 거야. 의무
　　　　라는 이름으로 위대한 위선가, 간사한 아라스가
　　　　자신의 정적들을 목졸라 죽이고, 비겁한 친구들
　　　　이 친구들을 사형 집행자에게 넘긴 거지. 의무
　　　　라고! 이 거짓된 단어를 가지고 우리 모두가 얼
　　　　마나 어처구니없이 남용을 했는데……! 나를 똑
　　　　바로 쳐다봐! 유일한 진실은 여기, 우리 눈 속에
　　　　있어. 너와 나.

소피　　나에게는 내 남편도 보여요. 그 사람은 나이 먹
　　　　었고, 나를 사랑하고 나를 믿고 있어요. 그를 떠
　　　　난다면 나는 죄를 짓게 되는 거예요.

발레　　너는 그 사람과 결혼하면서 죄를 지은 거야. 젊
　　　　은 육체가 늙은 육체와 결합하는 것은 죄악이
　　　　야. 너는 그에게 너무 많은 것을 주었을 뿐이지.
　　　　그것을 받아들인 그의 이기주의를 비난하고 싶
　　　　어. 그 사람은 너 없이도 살 수 있어. 학문이 있
　　　　고, 영광이 있고, 자부심이 있고 또 폭군들의 우
　　　　정이 있으니까. 게다가 그 사람의 인생에서 너

는 어떤 존재일까? 그 사람이 더이상 수확할 수
조차 없는 과일이 아니라면 말이야.

소피   나는 나를 그 사람에게 주었어요. 내 의지로 주
었다고요. 내가 이제 스스로 멸시하지 않고 나
를 되돌려받을 수 있을까요?

발레   너를 멸시해도 돼! 지금같은 시절에 멸시가 뭐
가 중요한데? 우리 주위의 모든 것은 죽고 파괴
되고 있어. 모든 관계들, 인간의 사회를 유지하
는 법들, 불행에 대한 존중, 훌륭한 신념, 선의,
모든 것이 말이야. 폐허 속에서 오직 사랑만이
아직도 빛나고 있지. 나머지는 어둠이고.

소피   (가슴에 손을 얹고 낮은 목소리로, 내적인 황홀감으로 불
타오르며) 오 빛이여!

발레   (팔로 그녀를 두르며) 나를 따라올 거지?

소피는 발레를 쳐다보지 않은 채, 아무 대답도 하지 않고 황홀
경에 빠진 자세로 있는다.

발레   (거역하지 못할 어투로) 대답해봐……! 나를 따라 올
거지?

소피   (천천히 발레 쪽으로, 사랑으로 빛나는 자신의 얼굴을 돌

린다. 마주잡고 있는 두 손끝이 말하려고 반쯤 벌어진 자
신의 입술을 스친다. 갑자기 그녀가 몸을 뒤로 빼면서 귀
를 기울이고는 서둘러 말한다.) 누가 오고 있어요. 누
가 계단을 올라오고 있어요…….

그녀는 발레를 급하게 방으로 밀어 넣는다. 각광 옆에 있는 왼
쪽 방문이 열린다.

3장

오른쪽 계단 문으로 제롬 드 쿠르부아지에가 들어온다. 발레가 들어간 방의 문턱에 서 있는 소피를 보지 못한 채 그는 휘청거리며 왼쪽에 있는 책상 쪽으로 서둘러 간다. 그는 모자를 쓰고 있지 않다. 넘실거리는 회색의 긴 머리는 헝클어져 있고 커다랗게 매듭지어져 있는 넥타이는 잘못 메어져 있다. 옷차림이나 움직임, 표정이 그의 혼란을 드러내 보여준다. 그는 거칠고 가쁘게 숨을 쉬고, 이어지지 않는 말들을 내뱉고 신음소리를 낸다. 책상 앞에 있는 의자에 쓰러질 듯 앉고는 서류 가운데에 팔꿈치를 괴고 손으로 눈을 가린다.

소피　　　(그의 모습과 태도에 놀라서) 제롬!

그는 움직이지 않고 계속해서 낮은 목소리로 신음소리를 낸다.

소피   (걱정이 되어, 그에게 간다.) 여보…….

(그의 대답이 없자, 그의 어깨에 손을 얹고 걱정스럽게 물어본다.) 무슨 일이에요?

제롬은 크게 숨을 쉬며 그녀 쪽으로 고개들어 그녀를 쳐다보고는 다시 고개를 떨어뜨린다.

소피   (몸을 숙여, 손으로 그의 머리를 들어 올리고는 걱정스러워 하는 어조로 애정을 품고 말한다.) 힘들어요? 무슨 일이에요?

제롬 드 쿠르부아지에는 아내에게 애써 미소를 짓고, 평정을 되찾으려고 노력한다. 말하려고 입을 벌리지만 말할 수 없다. 반쯤 일어나 손으로 커피잔들이 놓여 있는 작은 탁자 위의 어떤 것을 잡으려고 한다.

소피   뭘 드릴까요?

제롬이 작은 병을 가리킨다.

소피   (작은 병을 그에게 주며) 브랜디를 마시려고요? 한

번도 마시지 않았었잖아요!

제롬 (제롬은 작은 병을 들고는 한 컵 가득 따라 단숨에 마신다.) 오 신이여, 이 인류 속에서 나는 파멸하노니……

소피 어떤 예기치 않은 충격으로 이렇게 당신 마음이 동요된 거예요? 여보, 어디에서 오시는 길이에요?

제롬 국민공회에서 오는 길이오.

소피 폐막되었나요?

제롬 아니오. 하지만 끝까지 남아 있을 수가 없었소.

소피 무슨 일 있었어요? 어떤 새로운 폭력이 있었나요? 어떤 일에도 놀라지 않으시잖아요? 사람에 대해서는 잘 알고 계시고요.

제롬 그들은 이제 더 이상 사람도 아니오. 노예처럼 되어버린 잔인한 가축 무리일 뿐이지. 저열하고 야수적인 모든 본능이 적나라하게 드러났소. 그들은 푸줏간의 고기일 뿐이야. 기어올라 피냄새를 맡는 비겁한 개들이지. 울타리 한 가운데로 늑대와 하이에나가 돌아다니고 있고, 대 연회장은 텅 비어버렸소. 이백 명도 넘는 사람들이 도망치고 죽었고 실종되었소. 우익쪽은 텅 비어버

렸고. 그곳에 있던 자들 중 살아남은 자들은 그
들이 있던 장소에서 도망쳐서 산 꼭대기[31]로 기
어갔지. 심지어 가장 신중한 자들도, 어떤 장소
도 안전하지 않기 때문에 끊임없이 거처를 바꾸
고 있소. 칼날이 위에서 떨어질지, 아래에서 떨
어질지, 어디에서 떨어질지 모르기 때문이오.
사람들은 바보같은 표정을 짓고, 잊혀지려고 노
력하고 있더군. 그들의 눈은 흔들리면서 아래
쪽, 왼쪽, 오른쪽 할 것 없이 동물 무리가 전율
하는 것과 늑대들이 눈을 깜박거리는 것을 엿보
면서 말이야. 고개를 돌려, 둥근 안경 아래에 있
는 로베스피에르의 노란 눈을 피하고 – 고개를
숙여, 비이요의 핏발선 눈을 피하고 – 생쥐스트
라고 하는 새매의 눈 안에 담긴 차가운 푸른 눈
을 피하려는 거지. 생쥐스트가 연설을 하려고
연단에 있었는데 조용했지. 그가 고개를 뻣뻣

---

31) 프랑스 혁명기 국민공회에서 급진적인 사회 혁명을 주도한 산악파를 의미한다. 산
악파는 정식 정당이 아니었지만, 공회의 가장 높은 자리에 의석이 있었기 때문에
이렇게 불렀다. 국민공회의 전 의원 760명 중에서 약 200명이 산악파에 속했다. 구
성의원의 대부분은 파리의 자코뱅당에 속하는 급진적 의원들이었으며, 소시민과
무산층 등 상퀼로트를 기반으로 삼고, 상공업 시민이나 지주층을 배경으로 한 지
롱드당과 대립하였다. 로베스피에르가 당통을 숙청한 이후 테르미도르의 반동으
로 정권을 잃었다.

하게 세우더니 그의 시선을 피하려고 몸을 숙인 사람들의 등 위를 차가운 시선으로 죽 훑어보더 군. 그는 한 사람 한 사람을 세어보고 있었어. 누구한테 덤벼들까? 서두를 필요 없지. 시간이 있으니까. 아무도 감히 움직이지 못했소……. 6 개월 전에 이곳에서는 마치 파도처럼 서로 대립 하는 정열들이 포효하고 있었는데 말이야. 지 롱드당원들과 산악파 사람들이 공격하는 두 군 대처럼, 손에는 무기를 들고, 소리를 지르고 손 짓을 하며 대립하고 있었으니까. 이 논쟁 위로 는 이천 명이나 되는 사람들이 방청석에서 천둥 처럼 외쳐대고 있었지. 그런데 이제는 무덤처 럼 조용하오. 도살자 중의 한 명이 말하면 시체 위로 날아가는 파리 소리도 들릴 것 같아. 사람 들은 움직이지 않고 환각에 사로잡힌 듯 뭔가를 기다리며 떨고 있소. 이 동물 울타리 안에 들어 오기만 하면, 아무도 자신이 무엇을 할지, 자신 에게 무슨 일이 일어날지 모르게 되는 거지. 누 가 자신의 생명을 요구할지, 자신이 누구의 생 명을 요구할지 모르게 되는 거라오. (자신을 지 목하지 않는다면 벗어날 수 없으니까 그 문턱

을 넘어서야만 하는데) 일단 문턱을 넘어서기만
하면 그 누구도 더 이상 자기 자신이 될 수 없다
오. 조금 전에 자기 팔을 잡았던 동료나 친구도
이젠 낯선 자일뿐이지……. 그는 나에 대해 무
슨 생각을 할까? 나는 그에 대해 무엇을 생각했
지……? 저마다 다른 사람에게는 수수께끼가 되
는 거지……. 잠시 후에, 나는 그가 위협적인 눈
을 하고 일어나는 것을 보게 될지도 몰라. 입에
거품을 물고 일당들과 함께 나를 비판하며 외쳐
대겠지……. 아니면 내가 선수를 칠지도 모르
지……. 내가 먼저 그 사람의 머리를 취하지 않
으면, 내 옆 사람이 내 머리를 요구하게 되는 시
간이 올테니까…….

제롬은 손을 떨면서, 환각에 사로잡힌 것처럼 흥분해서 이 이
야기를 하고는 한순간 말을 멈추고 브랜디 병을 다시 잡으려고
한다. 소피가 남편의 손에서 병을 치우고는 옆에 앉아서 사랑스
럽게 그의 팔을 건드리며 말한다.

소피   흥분하지 마세요! 평정을 되찾아야죠……! 무슨
일이 있었는지 나에게 말해줘요. 이해하려고 애

써볼게요……. 생쥐스트가 연설했다고 말씀하
셨죠? 새로운 숙청이 있었나요? 당신은 거기에
가담하지 않으셨고요?

제롬　(머리로 그렇다고 말한다.) 그렇소, 새로운 숙청이 있
었소.

소피　하지만 누구에 대한 것이죠? 그들은 자신의 적
들을 모두 숙청했잖아요. 좌익이든, 우익이든.
불쌍한 지롱드당도 문을 닫았고 코뮌도 깨졌잖
아요. 에베르, 쇼메트, 클루트의 머리가 떨어진
것이 일주일도 안 되었죠. 그들에게 파괴할 것
이 뭐가 남아 있죠?

제롬　자기들이 남아 있소. 그들은 서로를 잡아먹고
있소. 공화국을 고립시키더니 이젠 공화국을 죽
이고 있소……. 오늘 아침 여섯시에 그들은 체
포했소…….

소피　누구를요?

제롬　당통을.

소피　당통을요?

제롬　우리는 친구는 아니었소. 그를 좋아하지 않았으
니까. 이 부글부글 끓는 듯한 폭력과 진흙이 가
득한 급류, 고삐 풀리고 계산적인 광기에 사로

잡힌 악마, 이 저열한 본능과 교활함은 나에게
혐오감을 불러일으켰지. 그의 화난 목소리는 너
무나 자주 혼란과 불확실성을 가려버렸소. 하
지만 그가 영광스러운 대담함으로 공화국에 눈
부시게 봉사했다는 것을 누가 잊어버릴 수 있
겠소……? 어두운 시절, 이 괴물같은 인물이 마
치 혁명의 정령처럼, 번개의 관을 쓰고, 구름 속
에서 일어서는 것을 보지 못한 자가 누가 있겠
소……? 공회에 체포 소문이 들려왔을 때, 거기
있던 사람들은 모두 놀라서 얼어붙을 정도였소.
이 사람이 성스럽다고 느끼지 않은 사람은 한
사람도 없었고, 그가 국가의 신성불가침한 재산
에 속한다고 느끼지 않은 사람은 한 사람도 없
었지. 거칠긴 하지만 그가 베푼 호의를 개인적
으로 경험하지 않은 사람은 거의 없소. 많은 사
람들이 그 불행했던 시절에 이 메두사 머리의
보호 아래 있었고, 그의 보호를 받았던 사람들
은 그의 빵 부스러기를 먹고 살았으니까. 그런
데 겁에 질린 사람들은 귓속말을 하고 입을 다
물어버렸소. 나도 그들처럼 입을 다물었고…….
마침내, 붕괴하고 있는 천체의 위성 중의 하나

라고 알려져 있는 그의 도당 중 한 명이, 당통과
함께 자신도 추락하고 있다는 것을 느끼고는 본
능적으로 그를 붙들려는 행동을 시도했소. 당통
의 그림자 아래에서, 그의 천둥을 가지고 놀던
저속한 인물인 르장드르라는 사람이었지…….
두려움 때문에 그는 힘을 얻었소. 그는 고함을
지르고 자신에게 용기를 주기 위해 울부짖으면
서, 당통의 석방을 요구했소. 벌써 많은 사람들
이, 침묵에서 솟아오르는 이 외침에 용기를 얻
어, 웅성거리며 그를 지지하기 시작했소. 몇몇
사람들은 박수를 치기까지도 했지. 몇 분만 더
있었더라면, 국민공회는 용기를 되찾고 암살당
하지 않을 수도 있었을 텐데…….

갑자기 로베스피에르가 들어왔소. 웅성거리던
마음들이 곧 얼어붙었지. 그가 지나가는 동안,
생각은 얼굴 아래로 서둘러 숨어들었고, 말하고
있던 사람을 침묵이 다시 둘러쌌소. 르장드르
도 로베스피에르를 보았소. 열정 때문에 격해져
서 잠시 동안 더 외쳐댔지만, 그 외침은 공허 속
으로 떨어지고 말더군. 그는 어찌할 바를 모르
더니, 말을 중단했다가 다시 시작했지만 더듬거

리고 말았소. 말을 하던 중에 주먹으로 연단을 내려치더니 말을 멈추고는 내려가 버렸소. 다른 쪽 층계로 천천히 로베스피에르가 올라왔소. 이제는 눈을 피하려고 하는 겁에 질린 짐승의 부르짖음에 대답하지도 않고, 그는 특징없는 목소리로 삼인 위원회가 어젯밤 발부한 체포 영장을 읽었소. 그는 막연한 용어로 커다란 음모에 대해 말했지. 그는 "강력한 상원이" "대의명분을 배반한 비열한 의원들을 상원내에서 모두 제거할 수 있게 되었음……"을 치하했소. 갑자기 그의 목소리가 위협적으로 변하더니 다른 사람 뒤에 몸을 웅크리고 있는 르장드르 쪽으로 몸을 돌렸소. 그를 보지 못한 척하면서, 그는 배반자를 보호하고 있는 숨어있는 공범자들에 대해 법의 심판을 촉구했소. 르장드르는 더듬거리면서 응수하고자 했지만 로베스피에르는 냉혹하게 그의 말을 못 들은 척 했소. 그는 죽음이 꽃피어 있는 문장들을 운율에 맞춰 펼치더니 월계관을 두른 도끼를 공회의 머리 위에 늘어뜨려 놓고는 떠나버렸소……

침묵이 마치 심연처럼, 여전히 파여져 있었소.

그 밑에서는 죽어라고 외쳐대는 르장드르의 고함소리가 여전히 올라오고 있었지. 하지만 그개에게도 이번에는 단 하나의 생각밖에 없었소. 채찍질 아래 엎드린 채, 자신을 때리는 발을 핥으면서 용서를 얻으려는 생각 말이오. 그는 알지 못했다고, 경련을 일으키며 용서를 빌었소. 쓰러진 사람을 버리고, 자신의 비겁한 배반에 대해 비겁한 공회를 증인 삼아, 만약 자기 친구나 형제가 범죄자라면 그들을 넘겨줄 것이라고 열렬히 맹세했소……. 그 누구도 위험을 무릅쓰고 그에게 손을 내밀 사람이 없었지. 익사하는 가련한 사람을 지켜보던 냉철하고 말없는 그 사람의 위협이 누그러지지도 않았소…….

그 사람은 사라져 버렸소. 경멸과 두려움의 보자기가 그를 덮어버렸지. 그 때 과격 혁명파의 한 사람이 공회의 이름으로, 위원회가 주의 깊게 감시한 덕분에 새로운 음모가 좌절되었다고 위원회를 축하했소. 공회 여러 곳에서 다른 목소리들이 그 목소리에 가담했지. 하지만 로베스피에르는 공회의 변덕을 잘 알고 있기 때문에, 파악할 수도 없는 이 지리멸렬한 목소리에 만족하지 않았소. 그는 기명 투표로 국민공회가 의견을 표명하고, 판결문을 - 왜냐하면 그 판결은 미리 쓰여졌기 때문이오 -, 당통의 매장을 승인하기를 원했소.

소피 당신도 투표했겠군요!

제롬 그들 모두가 투표했지. 모두들 추방 명령자들이 지켜보는 가운데 연단으로 서둘러 갔소. 몇몇 사람들은 등을 둥글게 굽히고 확신하지 못한 채로, 대부분의 사람들은 로마인의 확고함을 가장하고 의연하게 투표를 했소. 그들의 창자에서는 두려움이 가늘게 울고 있었지. 그리고 르장드르도 투표했소. 르장드르는 자기 주인을 팔았지. 우리 대여섯 명은 구역질이 났지만 그것을 쳐다보고 있었소. 우리는 저마다 차례를 기다리다가 자기 차례가 되자 한사람씩 일어나 투표를 하러, 패배한 자에게 돌을 던지러 갔소.

소피 당신도 그 돌을 던졌군요!

제롬 내 차례가 되었을 때 나는 일어나서 나와버렸소.

소피 투표하지 않았군요……!

제롬 나는 출구 옆에 있었소. 누가 내 이름을 불렀지.

내 뒤에 있던 누군가가, 어깨를 건드리며, "쿠
르부아지에!" 하고 다시 불렀소……. 어떤 사
람이 (누구였지?) 문 앞에 있었소. 입구에서 그
를 떼어 놓고 공회에서 나왔는데 거리에 나오
자 현기증이 나서 넘어질 뻔했소. 내가 휘청거
리는 것을 보고 어떤 행인이 와서 내 팔을 잡
고는 카페로 나를 데려가서 술 한 잔을 마시
게 해주었지. 웃음거리가 되지 않기 위해 힘
을 끌어모아 돌아왔다오……. 나는 땅에 누워,
땅 속에 누워 더 이상 몸을 일으키고 싶지 않았
을 지도 모르오……. 혐오감이었지, 인간에 대
한 혐오감, 나에 대한 혐오감 말이오. 인류, 이
성, 자유라고…… 웃기는 거지! 내 신념을 조
롱하는 거야! 인간은 하인이 되기 위해 태어
났어. 배반하기 위해 태어난 거야. 인간을 자
유롭게 하기 위한 모든 것, 인간을 북돋아주
기 위해 시도하는 모든 것이 단지 인간의 야수
성을 펼쳐 보이기 위해서 사용될 뿐이라니. 내
가 무엇을 한 걸까? 나는 내 생명을 잃었어!
(손으로 머리를 감싸며, 다시 테이블 위로 쓰러진다.)

소피　　　(그의 말을 들으며 감동받고 점차 동정심이 증가하는 것을 느낀다.) 불쌍한 사람! 불쌍한 사람!

(그에게로 몸을 숙여, 머리에서 그의 손을 치우더니 그의 손을 잡는다.) 제롬, 내 친구……! 내 소중한 남편……! 포기하지 마세요! 당신을 이해해요, 당신이 불쌍해요. 당신이 고통받는 것으로 나도 당신과 함께 고통받고 있어요……. 하지만 당신이 당신의 신념을, 우리의 신념을…… 잃는 것을 나는 원치 않아요…….

제롬   (고개를 든다. 의심하는 어조로) 우리의 신념이라고?

소피   그 신념은 제 신념이기도 해요. ─ 확실히 인간들은 저속하고 잔인하고 실망시키기도 해요……. 슬픈 일이지만! 우리 안에 얼마나 많은 괴물이 있는지, 우리가 감히 말하지 못하지만, 우리를 수치스럽게 하는 얼마나 많은 가증스러운 생각들이 담겨 있는지 우리는 너무나 잘 알고 있어요……. 그렇지만 그 사실을 알고 있기 때문에 우리는 인간들을 해방시키고 북돋아 주기 위해 이 혁명을 시도한 것이에요. 우리는 어려움도 위험도 인정하지 않았어요. 우리가 승리했다는 것을 너무 일찍 믿어 버린 것이 잘못인지도 모르죠. 그렇지만 해방된 초창기에 프랑스

의 모든 영혼들을 껴안는데 몰두하는 것은 감미
로운 일이었죠. 그렇게 한 것을 후회해야 할까
요? 그것은 오래 지속될 수 없었어요. 하지만 생
애 한 번뿐인 이 행복을 경험한 우리를 누가 부
러워하지 않을 수 있겠어요? 우리는 그 행복의
꽃을 꺾었고, 그 꽃은 시들어 버렸죠. 우리의 즐
거움은 한순간에 불과했어요. 우리는 이후에 그
대가를 치렀죠. 힘든 일이었지만 그래야만 하
는 일이기도 했어요. 과학 연구를 하면서 당신
은 자연의 엄격한 규칙을 인정하는 법을 배웠어
요. 그런 당신에게, 그것이 의심하거나 포기해
야 하는 이유가 되던가요? 당신은 산과 휘어져
들어가는 강을 넘어 땅을, 인간 정신의 진보를
넓은 시야로 볼 만큼 높이 올라갈 수 있는 힘을
갖고 있어요. 인간 정신의 흐름을 따르기 위해
몇 년으로 충분하리라고는 당신은 한 번도 믿지
않았어요. 여러 세기가 걸릴 것이고 여러 번 멈
춰서고 뒤로 돌아갈 것이라고 예견하고 있었지
요. 아니, 우리는 우리 눈으로 약속의 땅을 보지
못 할지도 몰라요. 그렇지만 그 약속의 땅이 어
디에 있는지 알고 있고 그곳으로 가는 길을 보

여줄 수 있다는 것은 벌써 대단한 일이 아닐까
요? 젊은 사람들이 와서 끊어진 흐름을 계속 이
어나갈 거예요. 현재 이 시간에 묶여 있는 우리
로서는 그들을 기대하고 마음을 달랩시다. 당신
을 짓누르는 끔찍한 광경에 대해서, 여보, 당신
은 당신 속에 도움을 청할 것이 많이 있잖아요.
개인적인 일도 있고, 연구와 발견도 있고, 또 인
간의 광기와 인간의 악의에서 벗어나서, 인간이
원하든 원하지 않든, 인간을 해방시키게 될 과
학의 왕국도 있으니까요.

제롬 (조금씩 몸을 일으키며, 자기 아내의 손을 잡고 계속 그녀
를 쳐다본다.) 아! 얼마나 기분이 좋아지는지 모르
겠소……! 당신의 입으로, 이 사상들…… 이 신
념, 내가 잃어버린 신념이 당신을 통해 돌아오
고 있구려…… 나의 아내여……! 그렇다면 당신
은 나를 사랑하는 건가……? 나는 그렇지 않다
고 생각하고 있었는데……!

그가 그녀의 손에 키스한다.
남편이 그녀의 손에 몸을 숙이는 동안, 소피는 혼란스러워서
머리를 돌린다.

제롬	(그녀를 향해 눈을 들고 그녀를 쳐다보며 감사하는 마음으로 겸손하게 대답을 기다린다.) 소피, 진정 나에게 약간이나마 애정이 있소?
소피	(벗어나려고 애쓰면서) 아! 당신의 이야기를 들으면서, 조금 전에 어찌나 떨리던지…… 두려웠어요…… 두려웠어요…….
제롬	(쓸쓸한 미소를 지으며) 내가 비겁할까봐 두려웠던 거요?
소피	아뇨, 그 단어는 사용하지 마세요.
제롬	내가 비겁하다는 것은 충분히 보여주지 않았소?
소피	당신은 타락한 사람들에게 속하기를 거부하셨잖아요.
제롬	아! 발언했어야 했는데, 나는 도망치고 말았소. 나는 행동하지 않는 보잘것없는 용기밖에 없는 불쌍한 사람이오.

발레가 문지방에 나타난다. 다른 사람들은 그를 보지 못하지만, 발레는 질투심 어린 적대감을 품고 그들을 쳐다본다. 그들이 기계적으로 발레가 있는 쪽으로 눈을 돌리자 그는 방의 안쪽으로 물러선다.

소피   (애정을 담고) 당신은 가련하고 약한 사람이에요.
        하지만 그것 때문에…… (그녀는 자신의 열정을 드러
        내는 것을 멈춘다.)

제롬   (여전히 잡고 있던 그녀의 손을 당기며) 그것 때문
        에……? (그녀는 대답하지 않는다. 그가 간청한다.) 그
        것 때문이라니……? 말해줘……! 당신은 나에
        대해, 약간…… 약간이나마 호의를 갖고 있소?

소피   (거북해서, 또 빠져나간다.) 그것 때문에, 여보. 당신
        이 약하기 때문에 당신이 생명을 위험에 빠뜨린
        데 대해 더 찬양을 받을 만한 거예요. 왜냐하면
        당신은 생명을 위험에 빠뜨렸기 때문이지요. 당
        신이 도망친 것에 대해 말하면서, 당신을 깎아
        내리지 마세요……!

제롬   그건 사실이오. 그리고 사람들이 나에게 설명
        을 요구할 거라는 것도 알고 있소. 벌써 두 달 전
        부터, 내 사상은 의심 받고 있었지. 어디를 가든
        미행 당했고, 내가 하는 말은, 심지어 침묵까지
        도, 기록되고 있소. 밀고자가 나를 감시하고 있
        는데, 그 밀고자는 우리 친구들 중에 있다오. 그
        사람에 대한 나의 의심을 당신에게 알려주기 위
        해서 나는 확증을 기다리고 있었소. 바로 오늘

나는 증거를 갖게 되었소. 그 늙은 드니 바이요
가……

소피   (공포에 질려) 오 신이여!

제롬   여기에서 말해지는 모든 것을 그가 보고할거
요…….

소피   아녜요, 믿을 수 없어요! 그 노인네가…… 부드
럽고 겁 많은 사람이…… 이유가 뭘까요?

제롬   (어깨를 으쓱하며) 자신의 안전을 사기 위해서지
……. 게다가 우리 시대같은 시기에는 치욕은
문둥병같은 것이오. 정직한 사람이 갑자기 자신
을 더럽히고 싶은 욕구에 사로잡히는 것을 보게
되니…….

소피   (갑작스런 공포에 사로잡히면서) 제롬! 그가 여기에
있었어요……!

제롬   누가? 바이요가? 오늘?

   너무 흥분해서 말할 수가 없어서, 그녀가 그렇다고 고개짓을
한다.

제롬   뭘 두려워하는 거요, 소피? 당신이 신중하다는
것은 알고 있는데…….

소피   ……그가 여기 있었어요. ……들어왔을 때……

제롬   누가 들어왔다는 거요……?

소피   추방당한 자가 피난처를 찾아서…… 발레가……

제롬   (놀라움과 즐거움의 비명을 지르며) 발레라고……! 그
가 살아있다고! 그가 왔다고……! 소피, 그를 받
아들였겠지? 그에게 우리의 문을 닫지는 않았겠
지? 어디 있소?

소피   여기 있어요.

그의 이름이 불리는 소리를 듣고 문 앞에 온 발레를 소피가 가
리킨다. 자신이 동요하고 있다는 것을 감추기 위해, 마치 입구를
감시하려고 하는 것처럼, 두 남자를 남겨 놓고, 그녀는 계단 문을
통해 나간다.

4장

제롬	(발레 쪽으로, 팔을 벌리며 다가간다.) 내 친구여!
	(발레는 움직이지 않는다. 제롬이 잠시 멈췄다가 계속해서 그에게 다가간다.) 자네 도망치는데 성공했군……! 소문에는…… 신이여, 감사합니다……!

제롬이 발레 곁에 이르러 그를 껴안으려고 한다. 그러나 발레는 몸을 돌려 살롱으로 들어가면서 거리를 유지한다.

발레	(차갑게 조롱하면서) 신이 자기 일을 하도록 내버려 둡시다! 신은 우리 일에 관심이 없으니까. 신은 로베스피에르 편이잖아요.
제롬	(자신의 확고부동하고 애정 어린 열정 가운데, 잠시 충격을 받았지만 다시 회복하고) 발레, 자네를 다시 보게

되다니······! 오늘 나를 괴롭히고 있는 고민들과 우울한 슬픔 속에서, 한 줄기 햇빛이 자네와 함께 들어온 것 같네. (다시 발레 쪽으로 몇 걸음 다가간다. 이번에는 손을 내밀지만, 발레가 그 손을 잡지 않는다.)

발레 (여전히 조롱하는 차가운 어조로) 다가오지 마세요! 타 죽을 수도 있으니까요.

제롬 (충격을 받고 한 걸음 뒤로 물러선다.) 발레! 친구여······! 무슨 일인가······? 나와 악수하는 것을 원치 않는가······? 나를 의심하는 건가? 우리 집은 자네의 집이나 마찬가지일세. 자네가 도피처로 우리 집을 선택해 줘서 고맙네. 자네는 내 우정을 의심하는 건가? 내 우정은 여전히 자네에게 충실한데 말이야.

발레 (쓰라리게) 이 우정이라는 것에 대해선 잘 알고 있죠. 그 충실한 우정이 일년 전부터 우리를 살인자들에게 넘겨버렸으니까요.

제롬 (슬픈 표정으로) 발레, 사실, 자네들을 변호하기 위해 한 일이 별로 없네. 그렇지만 (변명하진 않겠네. 원한다면 나를 비난해도 좋아.) 자네는 우리가 정신병원에 갇혀 있었고 이성의 말은 한 마디도 그곳에 파고들 수 없었다는 것을 이해할 수 없을 걸세. 그것은 전염병이야. 가장 건전한 뇌도 점차 그 병에 전염되는 걸세. 사 년에 걸친 극도의 긴장, 열광적인 연설들, 열병과도 같던 글들, 공포와 의심과 메시아적인 희망과 쓰라린 실망 때문에 대기는 중독되어 버렸네. 죽음의 위협이 모든 정신을 감염시켜버렸지. "이겨내느냐 아니면 죽느냐"라고 하는 이 칼날 위에 여러 해 동안 있으면 위험이 따르기 마련이네. 몸에 피를 묻히고 미쳐버리게 되지. 인간에게 인간적인 감정을 호소하는 자는 이 호랑이들의 이빨에 몸이 찢겨버리게 될 걸세…… 슬픈 일이지! 발레, 유럽에 전쟁을 선포하고 조국을 시민 투쟁에 던져버림으로써 자네들을 잡아먹은 복수의 신들을 풀어놓은 것은 바로 자네의 친구들, 자네의 조국, 바로 자네일세!

발레   (무례하게) 우리는 범죄와 평화조약을 맺는 것을 거부하려고 했던 거예요. 다른 사람들은 자신의 생명을 유지하기 위해 범죄를 받아들였고요.

제롬   (충격을 받았지만 자제하면서) 우리의 생명보다 우리 생명이 만들어 놓은 작품이 더 중요하다네. 우리의 젊은 혁명 말일세. 혁명에는 적이 많지! 거기에 우리의 증오를 덧붙이지는 마세! 우리는 혁명을 위해 우리의 모든 열정을 바쳐야 하니까.

발레 (모욕적으로) 열정은 없고 이해관계밖에 없는 자들에게 희생은 조금도 중요하지 않아요.

제롬 (이해하려고 하지 않는다.) 그들에 대해서 말하는 것이 아닐세. 야비한 영혼은 내버려두기로 하세. 자네와 나 사이에서는 사상을 위해 사는 사람들만이 문제될 수 있으니까.

발레 사상을 위해 죽는 자들이 있고, 사상으로 사는 자들이 있죠.

제롬 (외친다.) 발레……! 뭘 말하고 싶은 건가……? 그래, 무슨 일이야……? 나를 비난하는 것 같은데?

발레 (잠시 후, 적의를 품고) 그래요!

제롬 (쓸쓸한 표정으로) 어딜 가도 자네의 목숨이 위협받고 있는 이 시간에, 자네의 적들로 가득 차 있는 이 파리에서, 비록 자네의 사상을 공유하지는 않지만 그 사상을 존중하고 자네를 구하고 싶어 하는 사람의 애정을 인정할 수는 없겠나?

발레 (흥분하여) 아니오, 조금도 인정할 수 없어요! 애

정이라고요? 거짓말! 당신은 오직 당신에게만,
당신의 구원과 당신의 신중한 작업과 당신의 중
립성에만 애정을 갖고 있었죠. 프랑스를 암살한
전제군주들에게 저주를! 하지만 중립을 지키는
자들에게 토사물을! 끔찍한 사기꾼이며 공화국
의 사형 집행인이고 오스트리아에 매수된 괴물
같은 로베스피에르를 내가 얼마나 증오하는지
는 당신도 잘 아시죠. 나는 제2의 코르데[32]가 이
루어지기를 기도하고 있어요. 그의 심장을 도려
내는 칼에 나는 입맞출 거예요. 하지만 나는 침
묵을 지키고 있는 신중한 자들, 이 치열한 싸움
에서 범죄와 미덕을 똑같이 배려하고 있는 자
들, 모든 것에 무심하고 자기들의 시소 놀이에
푹 빠져서, 한 쪽을 희생하고 다른 쪽에 봉사할
준비가 되어 있고 다음 날에는 그 쪽도 배반할
준비가 항상 되어 있는 자들도 마찬가지로 증오
해요.

제롬   (아주 침착하게 절제하지만, 깊은 곳에서 몸을 떨면서)

---

32) Charlotte de Corday d'Armont (1768-1793) : 1793년 지롱드당이 축출된 이후, 프랑스
   정국의 공포정치가 마라 때문에 비롯되었다고 생각하고 마라를 칼로 살해했다.
   혁명법정의 판결에 따라 단두대로 보내졌다.

발레, 이 말들은 나하고는 상관없는 말일세.

발레   (화가 나서) 당신에게 하는 말이에요.

제롬   (낙담하여, 잠시 응수하지 않는다.) 하지만 자네가 그
토록 나를 증오한다면, 왜 우리 집으로 피난처
를 구하러 왔는가?

발레는 대답하지 않는다. 그러나 그의 시선은 쿠르부아지에를
넘어, 계단의 문으로 향한다. 다시 문이 열리고 소피가 들어온다.
그는 빛나는 듯한 열정을 가지고 그녀를 응시한다. 제롬은 그의
표정이 갑자기 바뀌는 것에 주목한다. 그 이유를 알아보려고 몸
을 돌리다가, 자기 아내가 그에게 오고 있는 것을 본다.

5장

소피   (격한 감정에 사로잡혀, 문을 닫고 제롬에게 달려간다.)
            그들이 와요……! 그들이 와요……! 제롬……!
            그는 죽게 될 거예요……!

제롬은 발레의 눈을 살핀다. 발레는 소피의 말에는 조금도 동
요하지 않고 그녀를 다시 보게 된 데에 대한 황홀감을 감추지 못
한다. 제롬은 소피쪽으로 몸을 돌려 소피가 이처럼 동요하는 이
유를 알아보려 한다. 그래서 소피가 한 말의 의미에 주의를 집중
하는 것을 소홀히 한다.

소피   (그의 팔을 잡는다.) 빨리! 서둘러요! 제롬……! 제
            말 안 들리세요?

제롬   누가 온다는 거요? 무엇을 본 거요?

소피   거리가 포위되었어요. 무장한 군인들이 집집마
               다 뒤지고 있어요. 우리 문에는 감시병이 있고
               요……. 와 보세요!

    그녀는 두꺼운 커튼이 내려진 오른쪽 창문으로 제롬을 데려간
다. 그녀가 커튼 한쪽 끝을 들어 올리자 제롬은 내다보기 위해 몸
을 숙인다. 발레도 그들을 따라가지만 소피만 쳐다본다.

제롬   우리 동네에서 가택수색을 하고 있군.
소피   그 사람이 벌써 우리를 고발했다고 생각하세요?
제롬   누가? 드니 바이요……? 아니…… 적어도 아직
               은 아닌 것 같소. 지금은 일반적인 조치여서 우
               리만 목표로 하는 것 같지는 않고…… 군인들이
               앞집으로 들어가는 것이 보이잖소. 지부 감시
               위원회의 규정에 따라 조직적인 가택수색 명령
               이 떨어진 것 같군…… 집들이 전부 수색당하고
               있어. 그렇지만 낮에 있었던 사건 때문에 우리
               집이 특별히 집중적으로 수색당할 수도 있을 것
               같소.
소피   (깜짝 놀라며) 도망치세요, 클로드!
제롬   클로드? ……아! 그래, 발레…… 도망치는 것은

불가능해…… 거리 끝에 차단기가 내려지고 보
초가 서 있잖소. 가택수색이 끝나기 전에는 누
구도 나갈 수가 없어……. 단계별로 진행하는
군. 앞집을 하고 나면 우리 집 차례가 되겠지. 15
분쯤 걸릴 거요.

소피　(조금씩 자기에 대한 통제력을 잃어버린다.) 제롬, 그를
구해야만 해요!

제롬　(여전히 침착하게) 여보, 우리 모두의 생명이 똑같
이 위태로운 지경이오.

소피　(흥분해서) 하지만 그는, 사람들이 그를 발견하면,
그는 죽은 목숨이에요!

제롬　만약 그가 여기에서 발견된다면, 죽은 목숨이기
는 당신도 마찬가지잖소.

소피　(자신의 사랑 때문에 흥분해서) 그의 생명을 구할 수
만 있다면 내 생명쯤은 아무래도 상관없어요!

발레　(눈을 빛내며) 이제 목표에 도달한 이상, 나는 아무
것도 겁나지 않아요.

소피　아니에요, 목표는 살아남는 거에요. 당신이 죽
는 것은 원치 않아요.

발레　살든 죽든 함께 합시다!

소피　(열정적으로) 살아야지요……!

발레   (환희에 넘쳐) 우리는 살 거요⋯⋯!

그들은 그들을 둘러싸고 있는 모든 것을 잊어버렸다. 위험도,
자신들이 손을 맞잡고 서로 눈을 마주보고 있는 것을 제롬이 바
라보고 있다는 사실도 잊어버렸다.

제롬   (잠시 침묵을 지킨 후에, 아주 차갑게) 시간이 없소. 만
           약 당신들이 살기를 원한다면, 시간을 조금도
           낭비해선 안 되오. 남은 시간을 아무리 잘 이용
           한다고 해도 말이오.

이 말에 소피가 정신을 차린다. 그녀는 발레의 손을 놓고, 발
레는 뒤로 물러선다. 그녀는 제롬 쪽으로 혼란으로 가득 찬 눈을
돌리지만, 차마 그를 정면으로 바라보지 못한다.

제롬   소피, 이 방 안쪽 (그는 각광 옆, 왼쪽 방을 가리킨다.)
           내실 벽에 사람들 손에 들어가면 위험한 서류들
           을 넣어 두기 위해 내가 직접 벽돌을 쌓아 만들
           어 놓은 구석이 있는 거 알고 있을 거요. 거기 안
           쪽에 사람이 누울 만한 공간이 있소. 발레를 그
           곳에 들어가게 한 후에, 그 위에 칸막이와 벽걸

이 천을 조심해서 잘 닫아두시오. 보통 때처럼 조사가 단순한 지부 일반 수색이라면 그냥 지나칠 거요. 그러면 도망칠 기회가 생기겠지.

소피 오세요! 서둘러요. 발레!

제롬 잠깐……! 모든 것을 예상해 봐야겠지. 만약 가택수색이 보안위원회 명령에 따른 것이라면, 그리고 혹시 그 사람, 바이요가 우리를 넘겼다면, 어떤 구석도, 어떤 벽도 그냥 지나치지는 않을 거요. 그때에는 어쩔 수 없지. 우리를 도와줄 수 있는 것이 딱 하나 남아 있는데…… 모두 받지……! (넓은 넥타이 주름 속에서 조그만 약주머니를 꺼내 열고는 내용물을 나눠준다.) 이 독약은 확실할 걸세. 카바니가 나에게 준 거니까…… 발레, 소피, 이건 당신들 몫이고…… 내 것은 내가 갖고 있겠소…… 자……!

소피는 감동해서, 발레는 동요해서, 둘 다 모순된 감정에 휩싸인 채, 제롬을 쳐다본다. 제롬은 그들을 쳐다보지 않고 창문 쪽으로 간다. 그들은 각광 가까이 있는 방문을 통해 왼쪽으로 나간다.

6장

제롬 드 쿠르부아지에가 몸을 돌려, 그들이 사라진 문에 시선
을 고정한 채, 천천히 무대 중앙으로 온다.

제롬   (빈정대는 신랄한 어조로) 그들은 사랑하는 사이군.
— 이 통제할 수 없는 분노가 나의 가장 좋은 친
구를 질투하고 그에게 죽음이 다가오기를 바라
는구나! 내 처를 훔쳐갈 수 있다면, 그는 망설이
지 않고 나를 죽이겠지…… 조금 전에 내 근심
거리를 털어놓았던 그녀가, 그녀가 그의 공범
이라니. 그녀도 아마 내가 죽으라고 기도했겠
지…… 왜 안 했겠어? 내가 그들의 소원이 이루
어지는 것을 막는 방해물인데…… 좋아, 그들이
만족하게 해주지! 내가 더 이상 그들의 방해물

이 되지는 않을 테니…… 나에게서 벗어나기만
을 바라는 사람을 억지로 붙잡고 싶지는 않아.
나도 이 비열한 인류에 더 이상 매어 있고 싶지
도 않고…… 비열하다고? 아니지. 부조리하지.
인류는 경멸받을 가치조차 없어…… 오직 한 사
람만이 나에게 인류를 믿을 수 있는 이유를 제
공하고 있었는데, 그가 나에게서 그것을 빼앗아
갔어……. 좋아……. 이 불행한 두 사람이 아직
도 삶에서 즐거움을 찾을 수 있다면, 그들에게
커다란 행운이 이루어지길! 나는, 내 생명을 주
지…….

서재로 가서, 이절판으로 된 커다란 책에서, 양피로 된 표지
아래 끼워져 있던, 손으로 쓴 종이 몇 장을 꺼낸다.

제롬   그들에 대해 판단하고 있는 이 종이에서 사형
집행자들은 내 사형 집행문이 준비되어 있다는
것을 발견하게 되겠지.

그는 살롱 가운데 있는 테이블에 그 종이들이 잘 보이도록 펼
쳐 놓는다. 그리고는 거리를 향한 창문 쪽으로 돌아가서 밖을 내

다본다.

제롬   그들이 저 집에서 나와서⋯⋯ 거리를 가로지르
고⋯⋯ 들어오는군⋯⋯ 난 준비됐어.

7장

일군의 사람들이 둔하게 계단을 올라오는 소리가 들린다. 거칠게 문을 두드리는 소리. 제롬은 서두르지 않고 문을 열어주러 간다. 대표 한 명과 무장한 사람들 10명이 들어온다. — 대표의 복장 : 면으로 된 폭이 넓은 검은 색 바지, 같은 것으로 된 짧은 상의, 세 가지 색으로 된 조끼, 짧은 검은 색 직모로 된 자코뱅식 가발, 붉은 색 모자, 칼, 긴 콧수염, 소위 말하는 완벽한 카르마놀 복장.[33] 다른 사람들은 이 복장의 일부만 갖추고 있다. 대부분은 상의나 조끼를 입지 않고 헌 슬리퍼 차림에 창을 들고 있다.

크라파르   보안위원회입니다……!

제롬   들어오세요……! 크라파르 자네였군?

---

33) 1792-1795년 사이에 혁명가들이 입던 복장.

크라파르	(첫번째 말부터 적의를 드러낸다.) 예상하지 못했나?
제롬	(침착하고 경멸적으로) 어떤 일이 일어날지 알 수 없지.
크라파르	(빈정거리며 위협적으로) 세상 참 좁구만, 엉?
제롬	특히 한 사람이 (나는 아니지만!) 다른 사람을 찾을 때는 그렇지.
크라파르	성공했군……. 하지만 쓸데없는 소리나 하려고 온 건 아니야. 네 머리는 나사로 꽉 조여져 있겠지?
제롬	자네가 확인해보면 되겠지!
크라파르	(부하들에게) 자, 시작하자. (그는 마치 개들을 부르듯이 휘파람 소리를 낸다.) 수색해! 수색하라고! 쉿![34]
제롬	적절한 표현이군. 아주 잘 하는데.
크라파르	…… 누가 마지막에 웃는지 두고 보지…….

부하들이 거칠게 가구들을 뒤지기 시작한다. 서랍을 빼서 바닥에 아무렇게나 뒤집어 놓고 서류를 흩뜨린다. 이런 소리에 소피가 옆방에서 나와서 제롬에게 다가간다. 제롬은 방 한가운데에서서, 들어온 사람들에게 등을 돌린 채, 움직이지 않고 있다.

---

34) 사냥개 따위를 부추기는 소리.

제롬   (움직이지 않고, 거의 입도 벌리지 않으면서) 잘 됐소?

소피   (말하지 않고 그렇다고 머리를 끄덕인다. 작은 목소리로) 가능성이 있나요?

제롬   (작은 목소리로) 전혀 없소.

소피   (작은 목소리로) 누구에요?

제롬   (작은 목소리로) 크라파르야. 이 년 전에 아랍인들 거리에서 내가 체포하게 했던 사기꾼이지. 은화 판매상이야.

크라파르   (부하들 중 한 명에게) 티모레옹, 굴뚝을 문질러 봐!

(그 사람이 굴뚝에 창을 넣어 힘차게 휘젓는다.)

젖은 짚단 좀 가지고 와……! 두쌩, 가져와서 불을 붙여! 늑대가 안에 있으면 기침하는 소리를 듣게 되겠지!

소피   (낮은 소리로, 제롬에게) 이들이 알고 있을까요?

제롬이 어깨를 으쓱한다.

크라파르   (부하들에게) 뒤져! 뒤지라고!

제롬   (크라파르에게) 적어도 부서지기 쉬운 이 예술 작품은 좀 봐주게! (그가 일본 병풍을 가리킨다.)

크라파르   예술은 귀족이야.

그들 중 한 명이 창으로 벽을 찌르다가 커다란 초상화 하나를
창으로 찌른다.

소피가 비명을 지른다.

크라파르　　(그 사람에게로 서둘러 간다.) 하! 하……! 한번 더 찔
러……!

(그 사람이 한번 더 초상화를 찌른다.)

뒤에 뭐가 있는 것 같아……? 없다고……?

(그가 소피 쪽으로 돌아선다.) 왜 비명을 질렀지?

소피가 경멸적으로 그를 위아래로 흘겨본다.

크라파르　　(미친듯이 화가 나서) 감히 나한테 대답을 안하겠다
고? ……저게 너희들한테는 개처럼 보인다는 거
지…… 빌어먹을……! 네 그림 뒤에 네가 뭘 감
추고 있는지 보게 되겠지…… 그것 말고…… 네
몸 말이야…… 네 결점을 한번 자세히 찾아보
지…….

제롬이 크라파르를 밀어젖힐 듯한 움직임을 한다. 크라파르가
그를 떼밀어 밀쳐낸다.

크라파르   너, 늙은이, 가만히 있어! ……네 차례가 올테니
          까. 나는 샅샅이 뒤지라는 명령을 받았어……
          하지만 여성이 수치심을 느끼지 않도록 해야 하
          는 것쯤은 우리도 알고 있다 이 말씀이야……
          우리가 네 유방을 방문하지는 않을 거야…… 포
          단느! (소리친다.) ……이년 어디 있어? ……포단
          느!

     계단 문에 포단느가 나타난다. 모자를 쓰지 않고, 부은 얼굴을
  한, 가슴이 큰 소녀다.

크라파르   너 또 멋이나 부리는 녀석을 꼬드기고 있었지?
          너를 체포하든지 해야지 원……! 앞으로! 저 여
          자를 옆방으로 나한테 데려와, 그리고 잠옷 아
          래에 망명자를 감추고 있는지 찾아봐!

     그들이 웃는다. 소피는 반항의 몸짓을 한다. 그녀는 발레를 숨
  겨놓은 방문을 흘낏 보고는 정원 옆에 있는 다른 방으로 들어간
  다. 포단느가 따라간다.

제롬   (혼잣말로) 자! 내버려 두면 아무것도 없는 곳만

다 뒤지고 다니겠군. 자기들 눈 앞에 있는 것을
보도록 해야겠어.

그가 방 가운데 있는 책상에 다가간다. 그곳에는 그가 펼쳐놓
은 서류들이 눈에 잘 띄게 놓여 있는데, 아무도 그것을 볼 생각을
하지 않는다. 의도적으로 서투르게, 마치 그 서류들을 감추라
고 하듯이 그것들을 급하게 잡아서, 크라파르의 주의를 끌 수 있
도록 행동한다.

크라파르　　(그에게 뛰어오면서) 멈춰! 그것 내놔! 그것 내놔!
　　　　　　(그에게서 서류를 빼앗아 빨리 넘기더니 읽는다.) "노예
　　　　　　론"…… "노예가 된 공화국"…… 잡았군! (제롬
　　　　　　의 면전에 서류를 들고 흔든다.) 다른 것들도 숨겨놓
　　　　　　았을 거야…… 타프타, 이 사람 손을 잡아! 바샤
　　　　　　르, 호주머니를 뒤져!

한 사람이 등 뒤로 제롬의 손목을 모아 잡고 다른 사람은 크라
파르가 지켜보는 가운데 제롬의 몸을 뒤진다.

크라파르　　네 머리를 잡았군!
제롬　　　　(냉정하게 경멸적으로) 먹어 치우지!

공안위원회 위원 복장을 하고 라자르 카르노가 들어온다. 그는 큰 키에 푸른 색의 눈과 넓은 이마를 가졌고 눈을 찌푸리고 있는데, - 신랄하고 거만하고 빈정댄다 - '냉소적인 양식을 가진' 사람이다.

8장

카르노 (잠시 문지방에 멈춰서서 놀란 기색으로 쳐다보더니 상황을 이해하고 큰 소리로 외친다.) 바보같은 놈들, 여기서 뭐 하는 거야? (부하들이 문쪽으로 머리를 돌린다.)

부하들 카르노……! 대위원회의 카르노다!

카르노 (성큼성큼 크라파르 쪽으로 가서, 거칠게 그를 밀어낸다. 제롬을 잡고 있던 사람에게서 제롬을 빼낸다.) 건달들 같으니라고……! 손을 떼라!

크라파르 (거절한다.) 난 명령을 받았어.

카르노 내가 명령한다.

크라파르 수색하는 것이 내 의무야.

카르노 네 의무는 존중할만한 사람들을 존중하는 것이다. 이 사람을 놓아줘!

크라파르 공화국의 적들에게도 특권이 있나?

카르노	바보같은 놈! 공화국은 너와 같은 바보 백 명보다 이 사람에게 더 많은 것을 빚지고 있어. 그가 공화국 군대에 파괴력 있는 화포를 만들어 준 덕분에 바티니[35]에서 적들을 무찌를 수 있었던 거야.
크라파르	승리가 시민 정신의 증명서는 아니지. 나는 독수리들은 믿지 않으니까.
카르노	너는 그들이 너무 높이 난다고 생각하는군?
크라파르	그들은 고도에서 벗어났어. 그들의 날개를 잘라 버려야 해! 그럼 모두 똑같으니까!
카르노	모두 두꺼비가 되는거지! (크라파르와 같이 왔던 부하들이 웃는다.)[36] 크라파르, 세상이 네 수준으로 놓이기를 기다리는 동안, 공화국에는 지도자가 필요해. 나도 그 중 한 명이지. 여기에서 나가!
크라파르	내가 원할 때 나갈 거야. 여기에서는 당신이 지도자가 아니야. 내가 보안위원회를 대표하고 있으니까. 다른 사람이 비웃는 것은 참을 수가 없

---

35) Wattignies : 프랑스의 마을. 1793년 10월 16일, 주르당과 카르노가 이곳에서 오스트리아군과 전투를 벌여 승리함으로써 포위된 모뵈쥬 시의 봉쇄를 풀었다. 후에 이 마을 이름은 "승리의 바티니"로 명명되었다.
36) '크라파르'라는 이름이 두꺼비를 의미하는 '크라포'를 연상시키기 때문에 사람들이 웃는다.

어…….

카르노　대위원회는 농담을 하지 않아. 위원회의 명령에 저항하면 어떻게 될지 잘 알텐데!

크라파르　좋아. 떠나지. 왜냐하면 내가 그것을 원하니까. 그렇지만 보안위원회에 보고하겠어. 당신이 내 목숨을 잡고 있다면, 나는 다른 사람의 목숨을 잡고 있거든.

그는 제롬에게서 압수한 서류를 흔들고는 그의 부하들과 함께 나간다. 포단느가 그들에게 합세한다.

제롬과 카르노만 남는다.

9장

카르노	그가 뭘 압수해갔나요?
제롬	내 기소장이지.
카르노	고소인의 고발장이에요, 아니면 피고인의 고발장이에요?
제롬	둘 다야. 그 서류에서 나는 헌법의 남용과 그것을 이용하는 독재자들을 고발하고 있으니까.
카르노	하늘에 돌을 던졌군요. 그 돌은 당신한테 다시 떨어질 텐데요.
제롬	알고 있어. 진실은 죽이는 걸세.
카르노	쿠르부아지에, 시간이 없어요. 여기 오면서 알고는 있었지만 상황은 내가 생각했던 것보다 더 빨리 진행되고 있어요. 나는 정보원들이 여기 있으리라고는 생각하지도 못했어요.

제롬   그들을 보낸 자들이 공안위원회가 아니란 말인
가?

카르노   공안위원회는 정보원들이 필요 없어요. 공안위
원회에게는 당신의 친구들로 충분해요.

제롬   드니 바이요가 밀고를 했나?

카르노   그래요.

제롬   그럼, 자네한테 알려줄 게 아무것도 없겠군.

카르노   여기에 지롱드당의 개를 숨기고 있지요.

제롬   내가 그 사람을 넘길 것을 기대하는 것은 아니
겠지?

카르노   그래요. 하지만 그 사람을 밖으로 내보내세요.
그가 다른 곳에 가서 잡히도록. 나는 그 사람에
대해 말하려고 온 것은 아니에요. 그가 어디 있
든, 어디로 가든, 이 순간에, 그 보잘것없는 사
람의 목숨은 그리 중요하지 않거든요. 나는 당
신에 대해 말하려고 왔어요.

제롬   뭘 원하는 건가?

카르노   쿠르부아지에, 잘 알고 있겠지만 당신은 의심을
받고 있어요. 하루 이틀 일이 아니에요. 몇 달
전부터 불확실한 당신의 태도나 위원회 헌장에
대한 말없는 비난도 그렇고 투표에 기권한 것도

당신을 적으로 지목하도록 했어요. 당신의 숨겨
진 감정을 밝혀내는 것은 어렵지 않았어요. 다
만 당신이 해왔던 봉사와 프리외르와 장봉 그리
고 내가 국가의 방어를 위해 당신의 머리를 구
하고자 했기 때문에 당신을 보호할 수 있었어
요. 그렇지만 오늘, 잔은 가득 차 버렸어요. 국
민공회에서 당신의 혼란스런 말과 서둘러 도망
치듯 나간 행동 때문에 위원회가 분노를 터뜨렸
어요. 격렬한 언쟁이 있었고 우리는 한계를 넘
어섰지요. 말하면서 저항하는 것보다 더 해로
운, 침묵하는 저항과 끝장 내기를 대다수가 원
하고 있어요. 그들은 당신이 선택하기를 원해
요. 분명하게 새로운 법에 찬성하세요. 다시 말
해 추방당한 자들에 반대하세요. 그렇지 않으면
당신도 그들처럼 추방당할 거예요. 나는 당신에
게, 오늘 저녁 자코뱅당에 가서, 연단에 올라 법
령에 호의적으로 발언하라는 말을 하기 위해 왔
어요. 그것이 당신이 살기 위해 주어진 조건이
에요.

제롬 (침착하게) 거부하네. 인정하지. 일 년 전부터 내
행동은 지나치게 모호했어. 오늘도 나는 혼란을

보여주었는데 그래서는 안 되는 것이었지. 자세히 말할 필요는 없지만, 그 이후 일어난 상황들 때문에 나는 명석한 시각과 평온한 정신을 되찾게 되었다네. 나는 행복하게도 마침내 내 책임을 다 하게 될 걸세.

카르노   어떤 책임 말인가요?

제롬   난 숙청과 피의 독재를 규탄할 걸세.

카르노   하지 못할 거예요. 그럴 권리도 없고 게다가 힘도 없잖아요.

제롬   내게는 내 양심의 권리가 있고 내 양심을 위해 나를 희생시킬 힘이 있다네.

카르노   이 순간에 우리의 업적인 공화국을 파괴하지 않고는 위원회를 뒤흔들 수 없으리라는 사실을 모르는 것을 보니, 미쳤군요.

제롬   우리의 업적은 자유로운 인간의 권리를 확립하고자 한 것이었네.

카르노   인간이 자유로우려면 우선, 인간을 노예로 만들려는 자들로부터 인간을 지켜야 해요. 개인의 권리는 국가의 힘이 없다면 아무것도 아니죠.

제롬   개인의 권리가 국가의 힘에 희생되면 그 권리는 아무것도 아닌 것이 된다네.

카르노　　개인의 권리는 지금은 아무것도 아니지만 미래
　　　　　에는 중요한 것이 될 거에요. 미래를 위해 현재
　　　　　를 희생할 줄 알아야 해요.

제롬　　　미래를 위해 진실과 사랑, 인간의 모든 미덕, 자
　　　　　기 존중감을 희생하는 것은 미래를 희생하는 것
　　　　　일세. 정의는 오염된 땅에서 자라지 않네.

카르노　　솔직하게 말하죠, 쿠르부아지에. 우리는 과학을
　　　　　하는 사람이에요. 우리는 모두 자연법칙의 준엄
　　　　　함을 알고 있죠. 자연법칙은 감상주의에 대해서
　　　　　는 조금도 신경 쓰지 않아요. 목표을 완수하기
　　　　　위해 인간의 미덕을 짓밟아 버리기도 하죠. 목
　　　　　표가 미덕이에요. 나는 목표를 원하고요. 어떤
　　　　　대가를 치르더라도 말이에요. 그 대가를 내가
　　　　　결정한 것은 아니지만 나는 그것을 받아들였어
　　　　　요. 나도 술책을 쓰고 살육을 저지르는 사람들
　　　　　을 당신만큼 혐오하고 있어요. 당신보다 더할지
　　　　　도 모르죠. 당신보다 더 오랫동안, 나는 그들과
　　　　　나란히 살아야만 해요. 나는 매일같이 그들이
　　　　　나에게 서명하도록 하는 폭력을 혐오하지만 폭
　　　　　력으로 내 손을 더럽힌다고 해서, 내가 그 폭력
　　　　　을 거부하고, 행동을 저버릴 수 있다고는 생각

하지 않아요. 나는 우리가 하고 있는 싸움의 목
표를 생각하고 있어요. 인류의 진보를 위해서라
면 어떤 비열한 짓, 그리고 필요하다면 범죄도
저지를 만한 가치가 있으니까요.

제롬 카르노, 자넬 이해하네. 자네가 동정심이 없다
고 비난하는 것은 전혀 아니네. 자네가 말했듯
이, 과학은 동정심이 없지. 나도 자네처럼 감상
주의는 믿지 않네. 그렇지만 나는 이데올로기도
믿지 않네. 그리고 자네보다 나이가 많아서 그
런지 인류의 진보에 대한 믿음도 더 이상 갖고
있지 않네. 나는 속속들이 과학인이어서, 유보
조항이 없다면 우리 가설들 중 어느 것도 믿지
않네(왜냐하면 과학은 가설 그 이상이 아니니
까). 인간의 재능과 인간의 열렬한 희망에 과학
이 아무리 환상을 품게 해도, 나는 과학을 피냄
새 풍기는 희생을 먹고 사는 제단의 신으로 만
들 생각은 전혀 없네. 나에게는 오직 삶만이, 현
재의 삶만이 성스러운 것일세.

카르노 그러면 당신은 당신의 삶을 바칠 건가요?

제롬 내 삶을 위해 타인의 삶을 바치는 것을 나는 거
부하네.

카르노	그들의 삶은 어찌 되었든 가망이 없어요.
제롬	만약 비겁한 자들과 폭군들이 있는 비열한 시대에 자유로운 영혼이 존재한다는 본보기를 보여줄 수 있다면, 내 삶이 전혀 가망 없는 것은 아니네.
카르노	당신의 영혼에 대해서는 상관하지 않아요! 난 당신의 생명에 애착을 갖고 있어요. 나에게는 당신의 뇌가 필요해요. 쿠르부아지에, 우리에게는 당신의 노고와 당신의 천재성이 필요해요. 조국이 그것을 요구하고 있어요. 당신은 동원된 거예요. 도망칠 권리가 없어요. 당신은 국가에 속한 과일을 국가에게서 빼앗아가는 거예요.
제롬	시작한 일들을 중단하게 되어 미안하네. 진실에 대한 사랑이 배반하지 않는 유일한 것일세. 진실을 끈기 있고 열렬하게 추구하는 것만이 유일하게 오래 지속되는 재산일세. 그렇지만 우리는 최근 몇 년동안 그날그날, 우리에게 속한 모든 것, 부와 명예, 행복, 사랑, 노동과 삶을 포기할 준비가 항상 되어 있어야 한다는 것을 배웠네. 나는 준비가 되었네.
카르노	이기주의자로군요! 당신은 당신을 바치면서 당신밖에 생각하지 않는군요……! 나도 나를 위해

서는 준비가 되어 있어요. 하지만 당신을 위해
서는 준비가 되어있지 않아요. 〔행위를 인정하
지 않는 정신적 반대라는 당신의 역할을 수행하
기는 어렵지 않아요. 당신은 거기에서 당신의
생명만 걸면 되니까…… 생명이라……! 그렇지
만 위원회에 속해 있는 우리는 생명에 대해 생
각할 시간도 권리도 없어요. 우리는 하루하루,
매 시간마다, 우리의 혁명을, 그리고 그 혁명을
생산한 조국을 구해야만 해요. 프랑스에는 반동
적인 세계라는 피에 물든 무리들이 모두 풀려나
있으니까. 일 분이라도 늦거나 미적거리면 미친
개들이 우리 몸 위를 지나가 당신과 내가 사랑
하고 존중하는 모든 것을 잔인하게 찢어놓을 거
예요. 행동해야 해요. 쉬지 말고 가차없이 행동
하고 타격을 가해야 해요.

제롬   자네를 이해해, 카르노. 자네를 비난하지 않겠
네. 하지만 나한테 자네에게 동의하라고 요구하
지는 말게! 그렇게 하기 위해서는 나는 삶에 대
해 지금보다 더 많은 애착을 갖고 있어야 할 걸
세. 나는 지쳤네…….

카르노   우리는, 우리는 지치지 않은 것 같은가요! 때로

는 지쳐 쓰러질 지경이고, 공포를 만들어 내는
무자비한 기계에 못박힌 것처럼 느껴져서 시달
리는 적도 자주 있었어요……. 그렇지만! 그 기
계가 멈춰 선다면 이 세계에는 또 다른 공포가,
흑색 공포와 백색 공포 — 수의가 덮치게 될 거
예요……. 그것들이 계몽을 장례 치르는 것을
나는 원치 않아요! 우리의 혁명이 죽는 것을 원
치 않아요. 모든 수단을 다 동원해서라도, 그 대
가가 어떤 것일지라도 나는 인류가 살아가기를,
인류가 이마를 똑바로 세우고 자유의 왕관을 쓰
고 살아가기를 원해요! 필요하다면 나는 나 자
신이 비열해지는 대가라도 치를 거예요. 민중
을 해방시키고 계몽시키고자 하는 것은 힘든 일
이라는 것을 알고 있으니까요! 민중이란 첫번째
열정이 지나가고 나면 다시 추락해 버리는 자
들이어서, 우리가 그들을 구원하는 것도 그들
의 의지와는 상관없이 이루어진다는 점에서 민
중들은 우리와 충돌하게 되는 그런 자들이에요.
미래도, 우리 고통과 우리의 노획물을 향유하게
될 우리의 자식들도 우리와는 충돌하게 되는 것
이죠. 건달들은 자신들의 행복을 우리에게 빚지

고 있다는 것을 알면 얼굴을 붉힐 거예요. 그들
은 우리의 실수와 범죄를 높은 곳에서 내려다보
며 판단하겠지요. 그들은 자기의 선조들을 부정
할 거예요……. 그렇지만 우리가, 당신과 내가,
기대하는 것은 인간들로부터 인정받는 것이 아
니에요. 그렇지 않나요, 제롬! 시간이 지나 그들
이 더 행복해지고, 우리에 대한 기억은 사라지
기를……! (카르노가 쿠르부아지에에게 다가온다.))[37]
쿠르부아지에!……. 우리를 이어주고 있는 오랜
존중과 노동 단체의 이름으로!……. 당신의 목
숨을 구할 수 있도록 내가 제시하는 조건을 받
아주세요!

제롬　　그럴 수 없네! (그가 물러난다.)

카르노　　테오렘![38] 고집쟁이로군요!……. (잠시 기다리더니
　　　　　　제롬 쪽으로 몇 걸음 다가가서 서류를 내민다.) 자, 받으
　　　　　　세요!

제롬　　뭔가?

---

37) (원주) 꺾쇠 안에 있는 대사는 1925년의 초판본에는 실려 있지 않은 부분이다. 로
　　맹 롤랑은 1939년에 코메디 프랑세즈에서 상연된 〈사랑과 죽음의 유희〉를 위해 특
　　별히 이 문장을 썼다.

38) '테오렘'은 이미 확정된 다른 명제를 통해 입증될 수 있는 명제를 의미하는데, 여
　　기에서는 이전의 행동을 통해 이미 제롬의 행동을 카르노가 짐작하고 있었다는
　　의미의 감탄사로 사용되고 있다.

카르노	이럴 줄 미리 알고 있었어요! 수학자들의 고집을 알고 있으니까……. 자, 주머니에 집어넣어요……! 당신과 당신 부인을 위해 준비한 가명으로 된 여권 두 개예요. 그렇지만 하루도 낭비할 시간이 없어요! 오늘 저녁에 파리를 떠나세요! 가능하면 즉시. 공공마차 자리는 파리에서 디종까지, 디종에서 생클루까지 예약해 놓았어요. 잘 가세요. 다시는 당신을 보지 말기를!
제롬	(감동하여) 카르노……! (그의 손을 잡는다.) ……그렇지만 도망친다고 해서 무슨 소용이 있겠는가? 우린 즉시 잡히고 말거야…… 위원회의 정보원들과 로베스피에르의 적의에서 벗어날 수 있겠는가?
카르노	그가 전혀 모르지는 않아요.
제롬	누가? 그가?
카르노	청렴가 말이에요.[39] 그래요. 처음에는 내가 주도했지요. 그는 비록 아무것도 모르는 척 했지만, 나는 그의 암묵적인 동의를 가지고 왔어요. 쿠르부아지에, 당신의 죽음은 우리를 난처하게 만

---

39) 청렴가는 로베스피에르의 별명이다.

들어요. 공화국은 당신의 시체에 조금도 책임을 지고 싶어하지 않아요. 그건 너무 무겁거든요. 그 시체를 가져가서, 우리에게 봉사해주길 바라요! 위원회는 눈을 감아 줄 거예요. 하지만 우리가 눈을 뜨도록 강요하진 마세요! 잡히지 마세요! 당신은 용서받지 못할테니까!

10장

제롬 드 쿠르부아지에가 책상에 앉아 생각에 잠겨 있다. 소피의 방문이 조심스럽게 열리고 소피가 나타난다. 그녀는 텅빈 방과 등을 돌리고 있는 자기 남편을 바라본다.

소피   (낮은 목소리로) 그들이 떠났나요?

제롬   (돌아보지 않고) 응.

소피   카르노는 뭐라고 하던가요?

제롬   아무것도. (몸을 돌린다.) 쓸데없는 말로 이 순간들을 낭비하지 맙시다! 시간이 얼마 안 남았으니까. 우리가 말해야 할 것이나 헤아려 봅시다. 이리 와요, 소피. 우리가 지금 말하게 될 것은 다른 쪽에 있는 사람이 들어서는 안 되는 것이오. (그는 발레가 나갔던 문을 가리킨다.) 이 사람을, 당신

은 사랑하고 있소…… 대답하지 마시오! 알고
있으니까. 그것을 감추기에는 당신은 너무 솔직
하오. (잠시 후) 비록 나한테 그것을 고백하기에는
별로 솔직하지 못했지만 말이오. (그녀는 다시 어떤
제스처를 하지만, 그가 하지 못하게 한다.) 하지만 당신
에게 아무것도 비난하진 않소. 당신이 솔직하지
못했다면, 어떤 여자도 당신의 입장에서 그렇게
하지 못했을 테니까. 나는 당신의 충실함과 여
린 마음을 알고 있소. 참 안됐구려.

　　앉아 있는 제롬 앞에 서서, 팔을 몸에 붙인 채, 소피는 이 마지
막 말에 마치 압도된 것처럼 고개를 떨군다.

제롬　　　　(쓸쓸한 미소를 지으며 그녀를 쳐다본다.) 그를 참 많이
　　　　　　사랑하는군!

소피　　　　(고개를 떨군 채) 그를 사랑해요!

　　　　　　(짧은 침묵) 용서해 주세요!

제롬　　　　당신은 자유요.

소피　　　　(고개를 들고, 제롬을 향해 팔을 뻗는다.) 제롬! 말해 주
　　　　　　세요……. 뭘 하시려는 거에요……?

제롬　　　　내가 대답할 필요는 없겠지. 누구나 자기만이

	자신을 판단할 수 있는 거니까. 저마다 자신을 위해 대답하는 거지.
소피	당신은 나를 경멸하시겠군요!
제롬	아니오. 나는 어떤 것에도 적의가 없고 경멸하지도 않소. 누구의 잘못도 아니니까. 잘못은 인생에 있소.
소피	(그에게 손을 내민 채) 하지만, 당신은, 당신은 괴로울 거에요!
제롬	그렇지 않을 거요. 내 나이에, 이 시간에, 나에게는 더 이상 시간이 없을 테니까. 우리만 생각합시다. 가능한 한 행복하시오.
소피	(절망적으로) 제롬!

난로 선반에 기대어 선 채, 그녀는 손에 얼굴을 파묻고 흐느껴 운다. 제롬은, 감동하여, 일어나서 그녀에게로 가 아버지처럼 몸을 숙인다.

| 소피 | (눈물에 젖은 얼굴을 들며) 슬프구나! 우리는 사랑했었죠. 왜 사랑은 사라지는 걸까요? 왜 사랑은 변할까요……? 미안해요! 내가 또 당신에게 상처를 주는군요……. 여보, 나는 끊임없이 당신에 |

게 가장 신실한 애정을 지녔었어요. 당신에게
오늘과 같은 고통을 일으키기 보다는 고통을 겪
고 죽을 때까지 침묵을 지키려고 했죠……. 하
지만 한 줄기 바람처럼 사랑이 다가와 문을 열
어놓고 말았어요. 사랑이 나를 사로잡아 이끌었
죠. 무엇을 할까요? 말씀해주세요, 내가 무엇을
할 수 있을까요? 사랑에 저항해야 할까요? 그럴
수 있을까요? 그럴 수 있을까요? 그렇게 하는
것이 좋은가요? 그것이 인간적인가요?

제롬은 동정심을 가지고 그녀를 쳐다보며, 측은하게 그녀에게
미소를 짓는다. 그리고는 카르노가 두고 간, 책상 위에 있는 여권
두 개를 집어 들고는 그녀에게 준다.

소피는 기계적으로 서류를 받아들고는 아무것도 알지 못한 채
들여다본다.

제롬   오늘 저녁, 둘 다 떠나구려. 이 서류들이 당신과
발레에게, 스위스 국경에 이를 때까지 파리의
문과 프랑스의 길을 열어줄 것이오. 모든 것이
준비되어 있소. 비자도 유효하고 자리도 예약되
어 있소. 인상착의에 맞춰 복장과 용모를 갖추

는 것은 쉽게 할 수 있을 것이오. 발레에게 알려
주고 당신도 서둘러 준비하구려! 그는 오늘 밤
에 이곳에 남아 있으면 안 되오! 자! 그의 생명과
당신의 행복을 구하시오!

소피   (극도의 혼란에 사로잡혀) 여보!……. 당신은? 당신
은?……. 안 돼요! 그럴 수는 없어요!

제롬   (침착하게) 발레를 구해야 하오. 그리고 싶지 않
소?

소피   (열정적으로) 네, 구하고 싶어요.

제롬   그러면 그와 함께 가구려! 그는 혼자 가지는 않
을 테니까. 그리고 당신도 더 이상 혼자 있지 않
게 될 거요. 내가 당신과 발레를 서로에게 맡기
는 거니까. 지체하지 말고 떠나구려!

소피가 제롬 드 쿠르부아지에 앞에서 몸을 숙이고, 그의 손을
잡고 키스한다. 제롬이 손을 빼려고 한다. 소피가 일어나지만 남
편의 손을 놓지 않는다. 그들은 마주 서서 애정어린 시선으로 서
로를 본다.

소피   당신은 참 착한 분이세요……! 전 받아들일 수
없어요.

제롬	당신은 정당하게 받아들일 수 있소. 우리 사이는 솔직하니까.
소피	당신을 떠날 수 없어요.
제롬	당신의 마음은 나에게서 떠났소. 소피, 우리 눈을 속이려고 하지 맙시다! 당신의 마음은 다른 사람과 함께 있소.
소피	오, 얼마나 고통스러운가……! 당신에게 주었던 이 마음을 오늘, 당신으로부터 돌려받는다고 생각하니. 그러고 싶지 않아요……! 오, 고통스럽구나! 내 마음을 나도 모르겠어요……! 모든 것이, 나마저도 나에게서 벗어나 버려요……! 흘러가는 시간에 압도된 것 같아요. 어제, 나는 당신의 것이었고 당신의 고통과 당신의 즐거움을 끝까지 함께할 것을 약속했죠. 길 한가운데에서 제가 당신을 저버리는군요. 이 무거운 사랑을 다시 시작하기 위해서인가요……? 아! 사랑이 다시 시작된 이상, 그것도 또 끝나겠죠……! 내가 다시 인생을 시작할 만큼 충분한 믿음이 있을까요? 어디 가서 나에 대한 믿음과 인생에 대한 믿음을 다시 찾을 수 있을까요……? 오, 고통스럽구나……!

제롬   삶은 매일 밤 죽고, 매일 아침 다시 태어나는
         법, 삶이 곧 당신에게 망각과 희망을 부어줄 거
         요. 더 이상 생각하지 마오! 자! 시간이 없으니!

제롬은 발레가 갇혀있던 방문 쪽으로, 부드럽게 소피를 떠밀
며 그녀의 손에 여권을 쥐어준다.

여권을 쥐고 기계적으로 쳐다보며, 소피는 깊은 생각에 사로
잡힌다.

소피   그런데 이 여권은 어떻게 손에 넣게 되었나요?

제롬   그게 무슨 상관이오?

소피   그것들이 어디에서 온 거죠?

제롬   카르노가 나에게 주었소.

소피   왜죠……? 왜 그가 당신에게 그것들을 주었죠?
         이 여권들은 당신을 위해 만들어진 거에요. 당
         신과 나. 우리 둘을 위해서. 결국 우리가 떠나야
         하는 건가요? 위협이 있었군요……! 당신이 위
         험에 처해 있어요……!

제롬   (그녀의 생각을 돌리려고 애쓰며) 아니오, 아냐…….
         위험은 없소.

소피   위험이 없다면, 왜 그가 우리에게 도망칠 수단

을 전해 주러 온 거죠?

제롬 자, 분별력을 찾읍시다. 쓸데없는 걱정을 만들
어내지 말고! 현실로도 충분하니까. 당신이 사
랑하는 자를 살려낼 것만 생각해요.

소피 내가 사랑하는 자라고……? 쿠르부아지에, 나
는 당신의 이름을 갖고 있고 아직 당신의 아내
에요. 우리를 연결하고 있는 관계가 끊어질 때
까지 나는 나의 권리를, 아내로서의 권리와 우
리가 항상 지켜 왔던 완전한 진실의 규칙을 요
구하는 거예요……. 당신은 나에게 진실해야 할
의무가 있어요. 아무것도 감추지 말고 말해 주
세요.

제롬 (잠시 침묵을 지킨 후에, 동의한다.) 우리는 고발당했
소. 바이요가 우리를 넘긴 거지. 우리가 누구를
감추고 있는지 사람들이 알고 있소. 밤에 발레
를 체포하러 올 거요.

소피 당신도 체포하겠죠.

제롬 카르노의 우정이 나를 지켜줄 수 있을 거요. 충
분히 말한 것 같은데! 출발할 수 있도록 준비하
구려! 따뜻하게 옷을 입고 필수적인 소지품만
챙기고. 내가 발레를 찾으러 가겠소.

　　그가 문을 열려고 할 때 발레가 핏발 선 표정으로, 옷이 엉망이
된 채 나타난다.

11장

발레 (자기 주위로 불안한 시선을 던진다.) 그들은 이곳에서
 다 떠났나요?

제롬 그래. 하지만 다시 돌아오겠지.

발레 언제요?

제롬 나도 모르겠소.

발레 (불안하게 성큼성큼 방을 가로지르고, 계속 걸으며, 창문
 을 통해 바라보고, 문을 통해 엿듣는다.) 어디로 도망가
 지? 어디로 피하지?

제롬 발레, 자네와 말하고 싶은데.

발레 (듣지 않고 똑같이 움직인다.) 당신이 나를 가둬준 그
 구석으로는 다시는 돌아가지 않을 거예요. 움직
 이지 못하는 상태를 참을 수가 없어요! 그곳에,
 마치 내 관 속에 있는 것처럼, 꽉 낀 채 누워 있

었어요. 그들이 방에서 걸어다니는 소리가 들렸죠. 나를 보호하기 위해 내가 할 수 있는 행동은 아무것도 없는 상태로, 벽에 붙은 채 누워 질식하고 있는데 그들이 그 벽을 두드렸어요…….
못 참겠어요……! 그곳으로 다시는 돌아가지 않을 거예요.

제롬   (침착하게 앉아 있다.) 그곳으로 돌아가진 않을 걸세. 내가 하는 말을 잘 듣게.

발레   (초조하게) 그들이 다시 돌아온다고 했죠?

제롬   (침착하게) 이야기할 시간은 있겠지.

그가 발레에게 앉으라는 몸짓을 한다. 발레가 앉는다. 그러나 쿠르부아지에의 말을 들으면서도 그는 초조하게 바깥 소리에 주의를 기울인다.

제롬   (침착하게) 나는 아내를 얼마 동안 파리에서 벗어나도록 할 생각이네. 지난 겨울부터 건강이 좋지 않았지. 클뤼니 옆에 있는 고향 손 지방에서 두 달을 보낼 걸세. 내가 같이 가야겠지만 공무 때문에 그렇게 할 시간이 전혀 없군…….

계단을 올라오는 발자국 소리를 듣고 발레가 의자에서 일어
난다.

발레   (목메인 소리로) 사람들이 온다…….

잠시 침묵. 제롬은 듣지 못한 것 같다. 소피는 나무를 땐 작은
불길을 피워 놓은 벽난로 앞에 앉아서 움직이지 않고 듣고 있다.
발레는 몸을 웅크린 채, 들어오는 사람이 있으면 그 위로 뛰어들
태세다.

소피   (침착하게) 위층으로 올라가는군요.

발레가 다시 앉는다.

제롬   (마치 말을 중단하지 않은 것처럼 다시 말을 이어간다.)
        ……나는 그녀와 함께 갈 수가 없네. 여기 내 여
        권이 있네. 자네가 나 대신 가주게.

발레   (깜짝 놀라) 내가요!

제롬   (같은 연기) 그렇게 하면 그녀를 돌보면서 자네는
        자네를 잡기 위해 쳐진 그물 사이로 빠져나갈
        수 있을 걸세. 일단 그녀 집에 가면, 자넨 클뤼

니 사람으로 변장해서 국경 가까이 갈 수 있을
걸세. 나머지는 알아서 할 수 있겠지.

발레는 일어나서 쿠르부아지에가 그에게 내민 여권을 쥐고,
접었다 폈다 한다. 너무 감동해서 말하지 못한다.

이 장면 앞 장면에서, 소피는 두 사람의 말을 듣고 심각하게 생
각하면서 두 사람을 쳐다본다. 그리고는 조용히 여권을 찢어 불
에 던져버린다. 그녀가 일어나서 발레 쪽으로 온다.

소피   (제롬에게. 제롬은 그녀에게 말하지 말라는 몸짓을 한다.)
     아니에요, 여보. 말해야겠어요. 이제 아무것도
     감춰서는 안 돼요.
     (발레에게, 부드럽지만 확고한 어조로) 클로드, 남편은
     우리 감정을 알고 있어요. 내가 고백했죠. 그는
     내가 당신을 따라가도록 내버려둘 정도로 관대
     해요. 나는 결정했어요. 자유를 얻었지만, 남편
     곁에 머무르겠어요. 나는 아무 구속없이, 영원
     히, 그에게 나를 바쳤었고 그를 사랑하지 않은
     적이 없었어요. 그에게서 나를 돌려받는다면,
     내 인격이 손상되겠지요. 자랑스러운 영혼은 자
     신을 조금도 부정하지 않아요. 나는 그가 겪는

시련을 함께 하기를 원했어요. 내가 원했던 것
을 여전히 원하고 있고요. (그녀는 남편에게로 가서
손을 내민다.)

제롬   (감동하여) 당신을 붙잡을 권리가 나에게는 더 이
상 없소. 나는 내가 파멸하는 곳으로 당신을 이
끌고 가게 될 거요.

소피   (빠르고 낮게) 조용히 하세요! 그가 모르도록!

발레   (신랄하게) 아! 당신은 나를 조금도 사랑하지 않았
군요!

소피   당신을 사랑해요, 발레. 항상 당신을 사랑할 거
예요. 우리가 사랑으로 고통받지 않는 것은 마
음대로 할 수 없지만, 사랑의 희생자가 되지 않
는 것은 마음대로 할 수 있겠죠.

발레   (신랄하게) 당신은 결코 사랑하지 않았어요! 당신
은 단지 당신의 자존심만 사랑했을 뿐이에요.

소피   (부드럽게) 친구여, 만약 당신이 말한 대로 내게
자존심이, 이 가련하고 상처받은 지존심이 없었
다면 당신이 나를 그만큼 사랑했을까요? 약하
고, 방황하고, 일시적인 열정에 빠진 채, 내 신
념에 충실치 못한 나를 당신이 오랫동안 사랑했
을까요? 그리고 우리가 행복했을까요? 우리는

끝장나는 행복의 공포를, 시들어가는 사랑의 공
포를 느꼈을 거예요. 그리고 그 사랑에 버림받
아, 우리는 외롭고 퇴색한 상태로 있게 되겠죠.

발레   (격렬하게) 상관 없어요! 나는 당신을 갖게 될 터
이니!

소피   (슬픈 미소를 지으며) 그리고 당신은 나를 파괴하게
되겠죠……. 자, 나의 불쌍한 독수리, 당신을 구
해야 해요! 이 순간, 다른 사람들에게 당신은 먹
이일 뿐이에요. 더 이상 말하지 말고 빠져나갈
방법이나 생각해요!

발레   나는 떠나지 않겠어요! 당신 없이는!

소피   나는 내 여권을 태워 버렸어요. 나는 더 이상 떠
날 수도 없어요.

발레   적어도 오늘 밤은. 오늘 밤은 당신의 집에서 보
내고 싶어요.

제롬   내가 자네를 보호하고 있다는 것을 사람들이 알
고 있네. 자정이 되기 전에 자네는 체포될 걸세.

발레   아니야! 당신은 나를 속이고 있어! 거짓말을 하
고 있어!

제롬   내가 거짓말하는지는 금방 알게 되겠지. 그들이
곧 여기에 올 수도 있으니까.

발레	거짓말이야……! (귀를 기울인다.) 그들 소리가 들려……! 아냐…… 떠나지 않겠어. 남아 있겠어.
제롬	(침착하게) 그러면 남아 있게! 자네 죽을 준비가 되어 있나?
발레	(전율 때문에 몸을 흔들며) 죽는다고!……. 싫어! 싫어! 죽고 싶지 않아……! 죽는다고……! 끔찍해……!
제롬	(침착하게) 한 시간 후에 체포되고, 다음날 아침 재판받고, 저녁에는 단두대에서 목이 잘리겠지…….
발레	(정신이 나간 상태로) 내일 저녁 이 시간에는, 고기 덩어리가 되어 마차에 던져지고 구덩이에 떨어지겠지……. 내가……! 절대 안돼……! 그러고 싶지 않아……! 살려줘……! (그는 마치 넋이 나간 듯이, 손으로는 소파의 손잡이를 붙잡은 채, 비어 있는 소파 아래에 주저앉는다.)
제롬	도망치려면 준비를 하게.

제롬이 일어나서 부인과 함께 옷, 식량 같은 몇 가지 물건들을 모아 발레를 위한 여행용 꾸러미를 만든다. 발레는 천천히 일어나 고개를 숙인 채, 아주 강하게 숨을 들이마신다. 그는 그의 친

구들이 방에서 왔다갔다 하는 것을 감히 쳐다보지 못한다. 그는 그들에게 등을 돌리고 소파 등받이에 기대어 서서, 머리는 응접실 쪽으로 향하고 있다.

발레 　　부끄럽군요…….

소피 　　(그에게 가서 그의 어깨 위에 망토를 덮어준다.) 우리가 당신을 구할 거예요, 친구여!

발레 　　부끄러워요…….

소피 　　(어머니처럼 그의 옷을 입혀준다.) 아니, 부끄러워하지 마세요! 나는 당신이 살고 싶어 하면 좋겠어요. 당신에게 여전히 삶이 소중하다면 행복하겠어요.

발레 　　나는 삶을 증오하지만 삶을 원해요. 어쩔 수 없어요. 죽는 것을 체념하고 받아들일 수가 없어요……. 오 신이여! 무슨 일이 일어난 걸까요? 모욕감이 나를 짓누르는군요……. 소피, 당신을 만나기 위해 나는 수없이 많은 죽음에 맞서왔어요. 당신을 더 이상 보지 못한다는 두려움이 아니면 결코 떨지 않았었죠. 이제는, 이제는……! 나는 더 이상 죽음이라는 생각을 견뎌낼 수가 없어요……. 아뇨, 나를 동정하는 눈으로 쳐다

보지 마세요! 내가 당신에게 얼마나 많은 혐오
감을 불어넣고 있는지!

소피   (낮은 목소리로) 친구여, 지금보다 더 당신을 사랑
했던 적은 결코 없었어요!

발레   아! 당신을 다시 본 것이 나에게서 기력을 다 **뺏**
어갔나봐요. 내가 거부했었던 삶의 가치를 다시
알았기 때문이에요. 나는 더 이상 삶에서 멀어
지고 싶지 않아요……. (그가 고통스러워한다.) 나는
비겁한 놈이에요. 겁이 나요.

제롬   (발레에게 와서 다정하게) 고통스러워하지 말게! 자
네가 약하다고 비난하지도 말고! 친구여, 어떤
사람도 자네만큼 용감하지 못하다는 것을 우
린 알고 있네. 하지만 가장 용감한 자는 인간일
세. 자넨 자네의 힘을 불가능한 데까지 밀고 나
갔네. 자넨 비인간적인 투쟁을 다섯 달이나 이
겨냈네. 갑자기 자네에게 피로가 돌처럼 떨어졌
지. 자넨 땅에 닿았어. 그렇지만 투쟁하면서 닿
은 걸세. 경기장에서 물러나게. 그렇게 해도 자
넨 자존심을 지킬 수 있네. 그렇게 해야 하네.
파리를 떠나게! 프랑스를 벗어나게! 자네의 적
들을 피하게! 새로운 싸움을 위해 힘을 구하러

가게나!

발레 (이 말에 점차 힘을 되찾고 일어나서 떠나려고 한다.)

당신들은 나에게 오시겠지요?

제롬 (친절하게) 나는 영원한 존재가 아닐세.

발레 소피, 당신은……. 자, 그러면 언젠가는……?

그가 갑자기 멈추어 서서 쿠르부아지에를 순간적으로 쳐다보더니, 몸을 굽혀 소피의 손에 오랫동안 키스하고 문 쪽으로 간다. 문을 나서려는 순간 몸을 돌리고 쿠르부아지에가 손을 내밀고 있는 것을 본다. 잠시 망설이더니 그의 손을 잡고 소피에게 마지막으로 시선을 던진다.

발레 안녕히 계세요! (그가 나간다.)

12장

제롬 드 쿠르부아지에와 소피만 남아 있다. 완전히 밤이 되었다. 제롬은 발레가 나간 문을 아직도 쳐다보고 있다. 소피는 창문으로 다가가 커튼을 통해 밖을 내다본다.

제롬　　(친절하게) 저 친구가 내 인생이 얼마 남지 않았다는 것을 짐작하게 된 것 같군. (그가 벽난로 쪽으로 가서 불을 크게 지핀다.)

소피　　(밖을 내다보는 자리를 떠나 벽난로 쪽으로 온다. 애정에 넘치고 애조를 띤 반어법으로) 하지만 내 생명이 얼마나 지속될지는 생각하지 못했죠. (남편 쪽으로 몸을 돌려 손을 내민다. 그가 그녀의 손을 잡고 애정에 넘친 시선으로 바라본다.)

제롬　　아무것도 후회하지 않소?

소피	체포될 것은 확실한가요?
제롬	빠져나갈 기회는 없소.
소피	그럼, 잘 됐네요. (그녀가 손을 뺀다. 꺼져가는 불 주위에 둘 다 앉는다.)
제롬	우리의 마지막 밤이군.
소피	마음이 가벼워요. 더 이상 결정 내릴 필요도 없고 더 이상 투쟁할 것도 없으니까요. 더 이상 원할 필요도 없어요. 밤이 흘러가는 대로, 우리에게 주어진 상황에 몸을 내맡기기만 하면 되죠.

제롬이 다가와 깊은 애정이 어린 시선으로 그녀를 쳐다본다. 그녀는 남편 곁에 앉아 그의 어깨 위에 머리를 기댄다. 그들의 무릎은 서로 닿아 있고, 손은 움직이지 않고 무릎 위에 놓여 있다. 불을 바라보며 그들은 꿈을 꾸듯 웃는다. 이어지는 거의 모든 대화는 낮은 목소리로 이루어진다.

소피	사랑하는 당신, 나를 위해 그처럼 쉽게 당신을 희생하다니요!
제롬	사랑하는 사람의 행복을 원하는 것은 희생하는 것이 전혀 아니오.
소피	이제 행복해요.

제롬	나를 위로하고 싶어하는군.
소피	(차분하게, 천천히. 하지만 마지막 말에 전율을 감추고) 아니에요, 여보. 사실을 말하고 있는 거에요. 슬픔은 우리가 떠나온 다른 쪽 강가에 남겨둔 걸요. 아! 당신 어깨에 머리를 기댄 채, 슬픔이 멀어지는 것을 보니 참 안심이 되네요! ― 그대로 계세요! 움직이지 마세요! ― 인간의 정열과 광기와 두려움을 갖고 있는 이 인간의 지옥이란!
제롬	우리의 발레는 그 지옥에 대해 아직 조금도 싫증내지 않았지.
소피	(같은 연기. 둘 다 약간 웃는다.) 불쌍한 사람……! 그래요, 그는 그 지옥에 무척이나 다시 뛰어들고 싶어했죠……! 그가 빠져나갔을 것 같아요?
제롬	그러길 바라오.
소피	행복해요……! 하지만 그가 우리의 운명을 알게 되면 얼마나 슬퍼할지 걱정이 되요.
제롬	인생은 가장 강력한 것이라오.
소피	그래요. 저도 그렇게 생각해요…… 불쌍한 발레!
제롬	소피, 이 방에서 우리가 밤새우며 지냈던 것 기억나오? 테이블 가까이 앉아 책을 읽으며 당신은 내가 공부하는 것을 지켜보았고 나는 당신이

꿈꾸는 것을 지켜보았지. 우리 둘 다 꿈을 꾸고 있었소. 모든 것이, 생각, 일, 학문, 사랑, 모든 것이 꿈이니까. 그리고 차례로 우리는 서로에게 자신의 꿈을 주었었소. 내가 어려울 때, 나는 나의 훌륭한 조언자인, 당신의 그 혼란없는 정신에 자주 도움을 구하곤 했었지…….

소피   처녀 때 이 오래된 집에 처음 들어온 날부터, 나는 전부 다 기억해요. 우리는 결합되어 있었죠. 당신은 이미 영광으로 둘러싸여 있었는데도 나를 두려워하고 있었어요. 나는 젊고 당신은 그렇지 않았으니까요. 그리고 우리밖에 없었을 때, 당신은 다가와서 아주 낮은 목소리로 이렇게 말했죠. "당신을 사랑해서 미안하오."

제롬   나를 용서했소?

소피   오늘 저녁, 이 마지막 저녁에, 내가 다시 발견하게 된 감사의 마음으로 내 마음은 충만해 있어요. 그 마음을 잊어버린 것을 용서해주세요! (그녀가 제롬에게 이마를 내밀고, 제롬이 키스한다.)

제롬   사랑하는 소피, 나도 할 일을 잊고 있었소. 나도 용기와 성실성이라는 내 의무를 잊고 있었소. 오늘 저녁, 내가 돌아왔을 때 내가 얼마나 약한

상태에 놓여 있었던지! 나에게 결정할 힘을 돌
려준 것은 바로, 당신을 잃었다는 느낌이었소.

소피 　우리는 고통받은 세계의 미궁 속에서 둘 다 길
을 잃었었어요……. 우리를 서로 되찾게 하고
자기 자신을 되찾게 한 마지막 순간이여, 축복
받기를!

제롬 　"이제 평화로이 떠나게 해주셨습니다."⁴⁰⁾ 우리는
도착했소……. 들어보구려! 인적없는 거리에 사
람들의 발자국 소리가 다가오고 있소…….

소피 　(다시 고통이 깨어난다.) 우리의 모든 거대한 계획,
우리의 모든 희망은 어긋나고, 우리의 모든 일
들은 깨어지고, 모든 것이 우리와 함께 죽는군
요…….

제롬 　(귀를 기울이며) 그들이 계단을 올라오고 있소.

소피 　(고통스럽게) 우리에게 적어도 아이가 한 명이라
도 있었더라면……! 왜, 왜 인생이 우리에게 주
어졌던 걸까요?

---

40) "Nunc dimittis……" : 루카 복음서 2, 29-30의 구절 "주님, 이제야 말씀하신 대로 /
당신 종을 평화로이 떠나게 해 주셨습니다."에서 나온 용어로, 예루살렘의 시메
온이라는 사람이, 아기 예수를 받아 안고 하느님을 찬미하면서 바친 송가에서 유
래되었다. 일반적으로, 맡겨진 일을 잘 처리했으므로 이제 죽을 수 있다는 의미나
다른 사람에게 그 자리를 남겨줄 수 있다는 의미로 통용되고 있다.

제롬   인생을 이겨내기 위해서.

     잠시 침묵. 그들은 일어난다. 소피는 제롬에게 기댄 채 그를
쳐다보고 체념하며 미소 짓는다. 그들은 마지막까지 마주보고 서
서, 서로에게서 떠나지 않는다. 소피는 제롬의 어깨에 머리를 기
대고, 둘 다 서로를 쳐다본다. 그들은 문이 열리는 것에 주의를
기울이지도 않는다.
     목소리가 다가오는 것이 들린다.

소피   (미소를 지으며 애조어린 목소리로) 이겨내기 위해
             ······. 안녕, 여보. "월계수는 꺾였네······."

     누군가가 거칠게 문을 두드린다.

제롬   (아주 부드럽게) "아름다운 여인이 그것들을 주우
             러 가리니······."

소피   (테이블 위에 1장부터 놓여 있던 라일락 가지 하나를 가리
             키며) 아니, 차라리 죽어가고 있는 이 어린 가지
             를, 이 라일락 꽃을 나에게 주세요······.

     쿠르부아지에가 그녀에게 꽃이 활짝 핀 가지를 준다. 그녀가

그 가지에 키스한다.

　문이 열린다……. 무장한 한 무리의 군인들.

—끝—

작품 해설

로맹 롤랑의 생애와 작품

유호식(서울대 불문학과 교수)

　로맹 롤랑은 프랑스의 소설가이자 극작가, 비평가이며 평화주의자이다. 그는 당대 문학사에서는 간과할 수 없는 위치를 차지했으나 현재는 독자들에게 잘 알려지지 않은 작가이다. 인문학적 이상주의, 일차대전 동안 보여주었던 평화주의적 태도, 톨스토이나 간디에 연원을 둔 비폭력주의, 나치즘과 파시즘에 대한 공격, 공산주의를 통해 새로운 세계를 건설할 수 있으리라는 확신 등, 그의 삶의 궤적에서 찾아볼 수 있는 다양한 여정들은 그를 하나의 일관된 이미지로 규정할 수 없게 만든다. 로맹 롤랑은 사회주의에 공감하는 공화주의자였으며 인터내셔널주의자였다. 그는 유럽의 시민이었고 18세기식으로 말하면, 세계의 시민이다. 그는 평생동안 예술과 음악에 대한 열정을 간직하고, 영웅 숭배라고 하는 낭만주의적 토양을 포기하지 않았으며 이를 토대로 인간들 사이의 소통을 추구했다.

　그의 작품들은 사회적, 정치적 정의를 지향하는 강렬한 요구를 드러내고 있다. 그는 인류에 대한 사랑이 예술가의 참다운 조건이라고 생각했기 때문에 예술을 민중에게 빛과 계몽을 가져다주기 위한 투쟁으로 생각했다. 1915년에 노벨 문학상을 수상했다.

1. 로맹 롤랑의 삶

로맹 롤랑(1866~1944)은 프랑스 클람시의 중산층 가정에서 태어났다. 아버지는 법조인이었고 어머니는 신앙심 깊은 인물이었다. 1880년에 파리로 이사했고 1886년에 고등사범학교에 입학한 후 1889년에 역사 교수자격시험을 통과했다. 처음에는 철학 교수자격시험을 준비했지만, 지배적인 이데올로기에 종속되지 않고 정신의 독립성을 유지하기 위해서 포기했다고 한다. 〈현대 서정 연극의 기원. 륄리와 스칼라티 이전의 오페라의 역사〉에 대한 연구로 소르본느 대학에서 1895년에 박사학위를 받았다. 1892년 클로틸드 브레알과 결혼했으나 1901년에 이혼했다. 처음에는 파리 고등사범학교의 예술사 교수가 되었고, 1904년에는 소르본느의 음악사 교수가 되었다.

그의 문학적 소명은 연극으로 시작되었다. 이미 30대 중반에 프랑스 혁명에 관한 드라마를 썼지만 문학적 명성은 1904-1912에 걸쳐 썼던 대표작《장 크리스토프》를 출판한 후에 얻게 되었다. 이 작품은 그가 1903년에 출판한 바 있는 베토벤의 생애에 근거한 것으로서, 타락하지 않은 영혼을 가지

고 사회 정의를 위해 투쟁하는 용기있는 영웅이라고 하는 특
징이 잘 드러나고 있다. 독자들은 이 작품에서 예술가란 외로
운 천재라고 하는 낭만주의적 신념을 확인할 수 있다.

1차 세계대전 동안 그는 평화주의자로서 전쟁에 반대하고
유럽 문명은 하나라는 것을 보여주고자 했다. 스위스 신문에
썼던 반전평론을 묶어 출판한 책은 프랑스에서 많은 논란을
불러일으켰고 그는 배반자로 낙인찍히기도 했다. 1차 세계대
전이 유럽 문명의 붕괴를 보여준 사건이었다면, 러시아 혁명
은 그에게 새로운 희망의 상징으로 보였다. 1920년대에 잠시,
인도 철학에 관심을 가지고 간디의 전기를 쓰면서 무저항주의
에 호의적인 태도를 보였던 기간을 제외하면, 그는 혁명의 폭
력성을 거부하면서 어떻게 새로운 세계를 건설할 것인가 하는
문제에 사로잡혀 있었다. 비폭력으로는 당시 유럽에서 기승을
부리고 있던 파시즘을 해결하지 못한다고 생각했기 때문에 공
산주의를 세계와 역사 발전의 비전에 포함시키고 혁명의 폭력
성을 받아들이기에 이르렀다. 그에게 공산주의는 새로운 세계
를 건설하기 위한 역사적 정열이며 사회적 신념으로 이해되었
다. 특히 독일에서 히틀러의 나치즘이 기승을 부림에 따라 더
욱 공산주의와 소련에 편향되었다.

이 시기에 로맹 롤랑은 개인을 전체의 부분으로 간주하고,
개인은 인류와 일체되어야 한다고 생각했다. 그는 사회주의

운동을 정신적 사건으로 받아들였으나 공산당에 가입하지는 않았다. 1935년에는 고리키와 스탈린을 모스크바에서 만났지만 점차 스탈린주의를 거부하기 시작했고, 반폭력 사회 변화 운동을 지지했다.

1934년에 그는 마리 쿠다체프와 재혼했다. 1938년에 스위스에서 돌아와 프랑스에 정착한 이후, 로맹 롤랑은 파시즘과 나치즘을 맹렬히 비판했다. 생애 마지막 시기에는 샤를 페기의 전기를 썼으며 1944년 12월 30일에 폐결핵으로 사망했다. 그의 대표작으로는 노벨 문학상 수상작인 《장 크리스토프》가 있으며, 1914년부터 1937년에 걸쳐 발표한 《고양된 영혼》은 물질적 소유에 환멸을 느끼고 정신적 자유를 위해 투쟁하는 여주인공의 삶을 서술하고 있는데 이 작품은 《장 크리스토프》의 여성적 버전이라고 할 수 있다. 그 외에 《콜라스 브뢰뇽》(1913~1919년) 등이 있다. 장편소설을 통해 한 인물의 생애를 역사적인 관점에서 재구성하는 이러한 특성은 그가 예술가와 정치가들의 심리적 전기에 각별한 애정을 기울인 사실에서도 확인할 수 있다. 그는 베토벤, 미켈란젤로, 톨스토이, 페기 등의 전기를 썼다. 그는 한 편의 작품을 쓰기보다는 일군의 작품들을 연작으로 쓰기를 선호했다. 연극 연작들 중에는 〈신념극〉, 〈성 루이〉, 〈이성의 승리〉, 〈혁명극〉 등이 있다.

2.〈혁명극〉

우리가 번역한 작품은 〈혁명극〉에 속해 있다. 〈혁명극〉은 1774년부터 1797년까지, 프랑스 혁명이 태동하던 시점부터 공포정치의 붕괴 이후의 역사까지를 아우르는 작품으로, 12편을 기획했지만 총 8편으로 완성되었다. 〈혁명극〉은 다음과 같은 작품들로 구성되었다.

《꽃 핀 부활절》: 1774년 프랑스의 상황. (1926년 출판)

《7월 14일》: 1789년 구체제에 최초로 타격을 준 혁명의 상황. (1902년 출판)

《늑대들》: 1793년 마이양스에 주둔하고 있는 공화국 군대의 모습. (1898년 출판)

《이성의 승리》: 1793년 지롱드 당원들의 드라마. (1899년 출판)

《사랑과 죽음의 유희》: 1794년 공포정치 하에서 혁명이 이상을 배반한 상황. (1925년 출판)

《당통》: 1794년 3월, 당통의 체포와 처형. (1899년 출판)

《로베스피에르》: 1794년 4월 5일부터 7월 28일까지 로베스피에르의 정권 쟁취와 몰락 과정. (1939년 출판)

《사자좌》: 이때까지 투쟁했던 적들이 화해하는 혁명의 에필로그. (1928년 출판)

출판 연대에서 알 수 있듯이, 이 작품들에서는 혁명의 흐름과 저술한 시점이 일치하지 않는다. 이 연극들은 세 단계에 걸쳐 쓰인 것으로 평가받고 있다. 첫번째 단계는 1897년–1902년에 걸쳐 집필된 작품들 4편으로, 이때 연극은 인간 정신의 몰락기에 인간의 가치를 고양시키기 위한 투쟁의 도구로 이해되었다. 강력한 삶과 자유로운 존재를 고양시킬 수 있는 인물들이 주인공으로 등장하는데, 그들은 신념을 갖고 있으며 자신의 신념을 타인들과 공유하기 위해 힘쓰고 있다. 두번째 단계는 1924년~1928년에 걸쳐 출판된 3편으로 정열과 이데올로기와 같은 모순을 어떻게 종합하고 조화시킬 것인가 하는 문제가 중점적으로 다루어지고 있다. 마지막 단계인 《로베스피에르》(1939년에 출판)는 역사의 비극성을 강조하면서 자신의 이상을 배반한 혁명에 대해 고발하고 있다. 혁명의 폭력성과 혁명의 끔찍한 운명에 대한 두려움이 이 작품의 비극성을 고양시키고 있다.

3. 《사랑과 죽음의 유희》

로맹 롤랑이 '혁명극'으로 분류한 이 드라마는 프랑스 대혁명이라고 하는 역사적 사건과 관련된 극이지만 혁명 자체에 관한 극은 아니다. 이 희곡에 등장하는 인물들은 혁명에 참여할 것인가 말 것인가를 가지고 논쟁을 벌이지도 않으며 혁명

지도자들과 민중의 현장감 있는 교감을 통해 역사의 필연성과 정당성을 강요하지도 않는다. 오히려 이 희곡은 혁명이 타락하여 공포정치로 변질되고 난 후, 혁명에 참여하거나 그 변화를 지켜보았던 사람들이 겪게 되는 윤리적, 정치적 상황을 그리고 있다. 이 희곡이 비극이라면, 그것은 공포정치에 의해 왜곡된 혁명이 주인공을 죽음으로 몰고간다는 의미에서 비극이다. 하지만 의무를 수행함으로써 다시 회복하게 되는 인간에 대한 신뢰를 그리고 있다는 점에서 휴머니즘의 드라마이기도 하다.

이 드라마는 비교적 간단한 내용으로 구성되어 있다. 공포정치가 한창이던 1793년 3월 국민공회 의원이자 과학자인 제롬 드 쿠르부아지에 집에 여러명이 모여 봄맞이를 하고 있던 중 숙청당해 죽은 줄 알았던 지롱드당 의원 클로드 발레가 찾아온다. 발레는 제롬의 아내인 소피와 서로 사랑하는 사이이며 소피는 남편에 대한 충실성과 사랑 사이에서 갈등을 겪고 있다. 제롬은 당통을 숙청하려는 로베스피에르의 정략에 반대하면서 국민공회에서 뛰쳐나와 혁명과 인간에 대해 절망한 상태로 귀가한다. 그리고 발레와 소피의 사랑을 눈치채고 더욱 절망한다. 발레가 제롬의 집에 들어오는 것을 목격한 드니 바이요가 공안위원회에 발레의 존재를 고발함으로써 제롬을 둘러싼 비극적 상황은 더욱 악화된다. 정치적으로, 그리고 인간

적으로 배신당한 제롬은 보안위원회가 가택수색을 하러 오자
아내와 발레를 결합시키기 위해 자신이 저술한 반혁명 팜플렛
을 노출시킴으로써 스스로 위기를 자초한다. 카르노는 정치적
으로 위기에 빠진 제롬의 생명을 구하기 위해 위조 여권을 만
들어주는데, 제롬은 그 여권을 발레와 아내에게 주고 도피할
것을 권한다. 발레는 도피하고, 소피는 자신을 희생하는 남편
의 모습에서 진실한 사랑을 깨닫고 자신들이 만들어놓은 혁명
의 정신을 구하기 위해 담담하게 체포되기를 기다린다.

  요약한 줄거리에서도 알 수 있듯이, 이 드라마는 역사라고
하는 거대한 움직임 속에서 인간들이 드러내는 다양한 세계관
을 보여주며, 그 세계관이 인간을 어떻게 변모시켰는가 하는
점에 초점을 맞추고 있다. 숭고한 사랑처럼 보였던 것이 죽음
의 공포 앞에서 삶에 대한 헛된 애착으로 변하기도 하고, 혁명
의 이상을 추구하던 사람이 국가의 미래를 위해 개개인이 갖
고 있는 현재의 욕망을 포기하라는 압력을 행사하기도 한다.
혁명은 숨겨진 이기심을 드러내는 계기가 되기도 하고, 죽음
을 눈앞에 둔 절망적인 상황에서 잃어버린 가치들을 재발견하
게 되는 계기가 되기도 한다. 작가는 혁명 윤리의 토대를 자문
함으로써, 역사적 사건은 어떤 기능을 하는가, 역사 속에서 어
떻게 자신을 정당화할 것인가 하는 문제를 진지하게 제기하고
있다.

　이와 같은 관점에서 우선, 1장에 등장하는 시민들의 모습에 관심을 기울일 필요가 있다. 이들은 60대 노인부터 10대 중반의 소녀에 이르기까지 다양한 연령층으로 구성되어 있다. 프랑스 대혁명의 수혜자여야 할 이들을 작가는 공포 정치의 피해자로 제시하고 있다. 특이한 점은 그들이 공포정치 때문에 고통받는 것이 아니라 물질적 결핍에 따른 추위와 배고픔 때문에 고통받는다는 사실이다. 개인적인 관심사만이 그들에게 열띤 논쟁을 불러일으킬 뿐, 행위의 정당성과 같은 윤리적 문제, 혁명 정신이나 공화국의 이념과 같은 정치적 이상에 대해서는 전혀 무감각하다. 이런 특성은 드니 바이요의 행동에서 잘 드러난다. 그는 자신의 생명을 구하기 위해 제롬의 행동을 공안위원회에 낱낱이 고발하기를 주저하지 않는다. 삶의 지혜를 구하는 클로리스에게 그는 "무심해지는 거야. 죽는 것을 보거나 아니면 죽는 것 중에, 애야, 선택해야 하거든"이라고 권한다. '무심'해지기는, 인간성에 대한 믿음을 포기하는 삶, 자기 자신을 구하기 위해 타인의 죽음을 방조하는 삶, 옳은 것이 아니라 강한 것을 숭배하는 삶을 권유하는 것이다. 희생자가 가해자로 변하고, 자신이 존중했던 사람들과 자기 자신마저 부정하는 이러한 태도를 통해 작가는 인간성에 대한 어떠한 믿음도 없는 체념주의의 한 모습을 형상화하고 있다.

　두번째 유형으로 크라파르를 들 수 있다. 그는 혁명 전에 제롬에 의해 체포된 적이 있었는데, 공포정치 하에서 보안위원회의 일원이 되자 질서 유지를 명분으로 개인적인 분풀이를 하고자 한다. 범법자가 법을 집행하는 위치에 놓이는 혼란된 상황에서, 그는 극단적인 이분법적 사고를 가지고 모든 것에 적의를 가지고 판단한다. 그에게 "예술은 귀족"이기 때문에 파괴의 대상이고, '수색'하는 의무란 특권을 제거하는 것일 뿐이다. 그에게는 특권을 가진 자들을 제거함으로써 평등한 세상을 만든다는 확신만이 중요할 뿐, 한 인간이 존중할만한 인물인지 아닌지의 여부는 전혀 중요하지 않다. 두꺼비를 암시하는 그의 이름이 잘 보여주듯, 그는 인간성이 동물의 차원으로 떨어진 상황을 상징하고 있다.

그러나 이 인물들은 부차적인 인물들일 뿐이다. 이 드라마의 주제는 발레와 카르노, 제롬과 소피 부부가 보여주는 갈등과 화해 과정에서 잘 드러난다. 특히 제롬이 소피에게 털어놓는 국민공회 회상 장면과 제롬과 카르노가 혁명을 완성하기 위해 어떤 행동을 해야 할 것인가에 대해 벌이는 논쟁, 그리고 소피가 남편과 발레 사이에서 겪는 갈등은 이 드라마가 혁명에 대한 드라마면서 동시에 '의무'에 대한 드라마임을 여실히 보여주고 있다.

우선 국민공회 장면은 혁명이 혁명의 이상을 배반하고, 도살자의 혁명으로 변해버렸음을 알려준다. "그들에게 파괴할

것이 뭐가 남아 있죠?"라는 소피의 질문에, 제롬은 "자기들이
남아 있소. 그들은 서로를 잡아먹고 있소. 공화국을 고립시키
더니 이젠 공화국을 죽이고 있소"라고 대답한다. 혁명이 파괴
본능을 만족시키기 위한 거짓된 명분에 불과하다는 것이다.
이러한 극단적인 상황 속에서 제롬은 "잔인한 가축무리"에 불
과한 인간에 대해 깊은 혐오감을 느낀다. 그 혐오감은 자신을
지탱시켜온 신념이 파괴되어도 죽음의 위협 앞에서 침묵하고
행동하지 못하는 자신에 대해 혐오감으로 이어진다. "인간의
정열과 광기와 두려움을 갖고 있는 이 인간의 지옥" 앞에서 무
력감을 느낄 때, 그 무력감은 자신에 대한 혐오감으로 표현되
는 것이다.

　그가 구원받기 위해서는 사상적 동반자이자 아내인 소피의
사랑이 필요하다. 그러나 소피는 발레에 대한 내면의 사랑과
남편에 대한 사회적 의무 사이에서 갈등한다. 그녀가 신념을
좋아한 것은 그녀가 사랑하는 자들이 신념을 좋아했기 때문
인데, 그 신념 때문에 자신이 희생되었고 인생이 파괴되었다
고 생각한다. 소피는 단순한 낭만주의적 구원의 여신이 아니
라 사랑과 신념 때문에 위기를 겪으며 혁명기를 살아가는 여
인이다. 그러나 사랑과 신념은 서로 양립할 수 없는 것이 아니
다. 그녀가 사랑을 절대화하고 신념을 증오할 때 갈등이 발생
했다면, 그 갈등은 절대적으로 보였던 사랑을 상대화하고 사

랑을 통해 신념을 회복할 때 해소된다. 발레와 함께 도피하라
는 남편의 제안을 거부하고 남편의 곁에 머무르겠다고 결심할
때, 소피에게 사랑은 더 이상 절대적인 가치를 지니고 있지 않
다. 발레와 새로운 사랑이 시작될 수 있었다면 그 사랑도 언젠
가는 끝날 수 있으리라는 사랑의 유한성을 발견하는 순간, 그
리고 "사랑하는 사람의 행복을 원하는 것은 희생하는 것이 전
혀 아니오"라고 하는 제롬의 발언을 통해 희생하는 사랑을 발
견하는 순간, 그녀의 사랑은 신념을 공유하고 시련을 함께 하
는 동지애로 승화된다.

　여기에서 우리는 자신에게 주어진 여권을 불태우는 소피의
행위를 통해 어떻게 소피가 제롬의 사랑을 이해해 가는지를
짐작할 수 있다. 여권을 불태움으로써 그녀는 여권의 사용가
치를 포기한다. 그녀는 제롬이 소피와 발레에게 준 여권의 잉
여의 의미, 즉 둘의 사랑을 인정하고 둘의 행복을 기원하는 제
롬의 깊은 사랑만을 받아들인다. 사용가치가 중단됨으로써 여
권은 제롬이 소피에게 전하고자 했던 진정한 사랑을 의미하기
시작하는 것이다. 그러므로 소피의 선택을 통해 작가는 혁명
은 모든 것을 파괴한다는 비관주의를 넘어서고 있다.

　이 작품은 인간의 해방을 추구했던 혁명이 결국은 인간을 탄
압하고, 자유를 말살하는 독재의 수단으로 변질되어 버린 현실
을 보여주고 있다는 점에서 비극이다. 그렇지만 여권을 찢어버

리는 소피의 행위를 통해서, 소피는 비극적 본질을 이루고 있
던 두 가지 심연, 즉 남편에 대한 정절을 지켜야 한다는 사회적
의무와 발레에 대한 내면의 사랑을 조화시키고 있다. 그녀는
죽음을 선택함으로써 사회적 의무와 부부의 미덕을 희생하지
않으면서도 발레와 남편에 대한 사랑을 동시에 보존할 수 있었
다. 새로운 연대가 시작되는 것이다. 그녀가 발견한 동지애적
사랑은 모든 것이 변화하고 타락하는 현재의 관점에서 볼 때,
과거와 현재의 동일성을 유지해줌으로써 자기 정체성과 더불
어 자기 존중감을 보증해주는 유일한 것이다.

그러나 이 드라마가 혁명에 대한 신념을 회복하고 자기 희
생을 통해 사랑을 되찾는 단순 구조로 이루어져 있는 것은 아
니다. 《유희》는 신념을 포기하고 사랑을 선택하는 인물을 통해,
그리고 국가와 개인의 윤리 논쟁을 통해 더욱 두꺼운 의미망을 확
보하고 있다. 발레를 통해 우리는 혁명이라는 역사적 사건이
인간을 어떻게 변모시켰는가를 이해할 수 있다. 발레는 추방
된 후 어디에서도 몸을 숨길 곳을 찾지 못하고 프랑스 전역을
방황한 끝에 "인간에게 저주를!"이라고 하는 단 두 마디의 말
로 인간에 대한 혐오감을 요약하고 있다. 제롬이 국민공회 한
가운데서 느꼈던 그 혐오감을 발레는 사람들 속에서 느끼고
있는 것이다. 게다가 인간들을 해방시키기를 원했던 자신이
죽음의 사자처럼 공포심을 불러 일으킨다는 상황 속에서 그는

드니와 같은 논리를 갖게 된다. "그들을 짓밟아 버리거나 아니
면 죽는 겁니다!"라는 외침 속에서 알 수 있듯이, 타인은 적대
적 대상에 불과하며, 혁명의 명분과 조국에 대한 봉사는 더 이
상 중요하지 않다. 법과 신념, 선의가 파괴된 이 시대에 오직
사랑만이 그를 구원할 수 있다고 확신한다. 그러나 그 사랑은
삶에 대한 맹목적인 집착에 불과하다. "나는 삶을 증오하지만
삶을 원해요. 어쩔 수 없어요. 죽는 것을 체념하고 받아들일
수가 없어요……."라는 말 속에는 죽음의 공포 앞에서 더 이상
혁명의 열정을 유지할 수 없는 연약한 인간의 모습이 노출되
어 있다.

발레가 사랑을 위해 신념을 포기했다면, 카르노는 국가를
위해 개인을 포기하기를 원한다. 카르노와 제롬의 논쟁은 미
래와 현재, 국가와 개인을 둘러싼 윤리 논쟁이다. 이 논쟁에서
작가는 국가 주권주의와 개인의 저항 원칙을 첨예하게 대립
시킴으로써 파괴 본능으로서의 혁명의 위험성을 경고하고 있
다. 제롬은 혁명이 스스로를 배반하고 혁명에 참여했던 자들
을 침묵시키는 반혁명이 되었으며 자신의 행동도 모호하고 비
겁했음을 고백하고, 이제 "숙청과 피의 독재를 규탄"하는 자신
의 의무와 책임을 다하겠다고 밝힌다. 그에게는 "내 양심의 권
리가 있고 내 양심을 위해 나를 희생시킬 힘"이 있으며 그러
한 자기 희생을 통해 "자유로운 인간의 권리", 더 나아가 혁명

정신을 지켜나가겠다는 것이다. 그것을 그는 양심이라고 부르며 "진실에 대한 사랑"이라고 부르기도 한다. 그러나 카르노는 다른 유형의 책임을 제시한다. 카르노에게 개인의 권리는 국가의 권리에 종속되며 국가의 힘에 근거할 경우에만 억압받는 개인의 권리도 지켜질 수 있다는 것이다. 이러한 논리는 미래를 위해 현재를 희생하고, 국가를 위해 개인의 행복을 희생해야 한다는 논리로 이어진다. 이에 대해 제롬은 "미래를 위해 진실과 사랑, 인간의 모든 미덕, 자기 존중감을 희생하는 것은 미래를 희생하는 것일세. 정의는 오염된 땅에서 자라지 않네"라고 말한다. 카르노의 논리는 불확실한 미래의 이름으로 현재의 독재를 인정할 것을 요구하는 것이기 때문에, 현재에 근거하지 않는 미래란 존재할 수 없으며 개인의 행복을 돌보지 않는 국가 또한 존재할 수 없다고 제롬은 주장한다. 인간을 희생시키더라도 목표를 완성하자는 카르노와 모든 것을 포기하더라도 진실에 대한 사랑만은 간직해야 한다는 제롬의 논쟁에는 로맹 롤랑이 전하는 윤리 의식이 단적으로 표현되어 있다. 그에게 인생은, 이겨내기 위해 주어진 것이기에, 자유로운 영혼이 할 수 있는 최선의 선택은 시련 때문에 잠시 혼란을 겪을지라도 시간이 지남에 따라 의무감을 회복하고 죽음을 향해 꿋꿋하게 나아가는 것이다. 그들은 미래에 대한 믿음을 간직하고 있고, 자신을 희생함으로써 타인을 구원하고 스스로를

구원한다. 인간은 일방적으로 누군가를 구원하는 존재가 아니
라 구원함으로써 구원받는 존재이기 때문이다.

작가 연보

1866년   1월 29일 아버지 에밀 롤랑과 어머니 앙투아넷 마리 쿠로의 첫 아들로 클람시에서 출생.

1868년   누이 마들렌 출생.(1871년에 사망)

1872년   또 다른 누이 마들렌 출생.

1877~1879년 여러 소설을 썼으나 파기. 3막극, 〈아틸라의 결혼〉은 부분적으로 원고가 남아 있음.

1880년   파리에 정착.

1881~1882년 생루이 고등학교에서 수사학과 철학 공부.

1882년   스위스 알바르에 머물며 처음으로 스위스와 접촉. 일기를 쓰기 시작.

1882~1886년 루이르그랑 고등학교에서 고등사범학교 입시 준비. 스피노자, 셰익스피어, 위고의 작품을 읽고 모차르트, 베토벤, 베를리오즈, 바그너의 음악에 심취.

1886년   《전쟁과 평화》를 읽으며 톨스토이 발견.

1886~1889년 고등사범학교에 합격. 문학사 학위와 역사 교수 자격 시험 준비.

1887년   톨스토이와 서신 교환.

1889년   역사 교수자격 시험에서 8등으로 합격.

1889~1891년 로마의 프랑스 학교 교원으로 로마에 체류.

1892년   클로틸드 브레알과 10월 31일에 결혼.

1893~1895년 앙리 4세 고등학교와 루이르그랑 고등학교에서
              교편.

1895년   박사학위 취득. 사회주의에 관심.
              고등사범학교에서 예술사 강사.

1897년   첫 작품 출판(《성왕 루이》). 첫 연극 상연(〈아에르
              트〉, 〈늑대들〉)

1898년   《드라마 예술 잡지》에 참여 시작.

1899년   《이성의 승리》 출판.

1901년   이혼. 《당통》 출판.

1902년   《7월 14일》 출판.

1903년   《베토벤의 생애》, 《민중극》 출판.

1903~1912년 《장 크리스토프》 출판.

1904년   고등사범학교에서 소르본느 대학으로 옮김. 음
              악사 강의.

1905년   페미나 상 수상.

1906년   《미켈란젤로의 생애》 출판.

1908년   《과거의 음악가들》과 《오늘날의 음악가들》 출
              판.

1910년   《헨델》출판. 교통사고 회복기 동안 1910년 11월
               에 죽은 톨스토이 독서.

1911년   《톨스토이의 생애》출판.

1912년   소르본느 대학 사직.

1913년   프랑스 아카데미 문학상 대상 수상.

1914~1918년 스위스에 체류.

1914~1916년 제네바에서 전쟁포로를 위한 국제 위원회에서
               봉사.

1915년   제네바 신문에 기고한 반전평론집《싸움을 넘어
               서》출판.

1916년   노벨 문학상 수상(1915년도).

1917년   막심 고리키와 서신 교환 시작.

1919~1922년 프랑스에 체류.

1919년   어머니 사망.《정신독립선언》발표. 1914년부터
               저술하기 시작한 《콜라스 브뢰뇽》출판. 그 외
               다수의 저작 출판.

1922~1937년 스위스에 체류.

1922~1933년 《고양된 영혼》출판.

1922년   러시아 혁명에 대해 앙리 바르뷔스와 클라르테
               그룹과 논쟁. 인도와 비폭력에 관심.

1923년   로맹 롤랑의 주도로《유럽》지 창간.

1924~1926년 《내면 여행》 저술.

1924년　　　《마하트마 간디》 출판.

1925년　　　《사랑과 죽음의 유희》 출판.

1926년　　　《꽃 핀 부활절》 출판.

1927년　　　바르뷔스의 反 파시스트 호소에 참여. 10월 혁
　　　　　　　명 10주년에 혁명의 명분에 동조 발언.

1928년　　　《사자좌》 출판.

1930년　　　《괴테와 베토벤》 출판. 공산주의 체제의 러시아
　　　　　　　를 점차 옹호.

1931년　　　아버지 사망.
　　　　　　　간디와 대담.

1932년　　　암스테르담에서 개최된 제국주의 전쟁에 반대
　　　　　　　하는 국제 학술대회를 바르뷔스와 함께 조직.
　　　　　　　소련 과학 아카데미 명예 회원으로 선출.

1933년　　　히틀러의 파시즘 고발. 괴테 메달 수상 거부.

1934년　　　마리아 쿠다체바와 결혼.

1936년　　　스페인 전쟁에서 공화주의자들 옹호.

1937년　　　지드의 소련 기행 비판.

1938~1944년 프랑스 베즐레에 정착.

1939년　　　《로베스피에르》 출판. 《회고록》 저술(1956년에
　　　　　　　유고집으로 출판). 독일의 체코슬로바키아 침공

비판.

1940년	《내면 여행》 출판.
1944년	사망(12월 30일).
1945년	1942~1944년 동안 저술한 유고작 《폐기》 출판.

옮긴이 소개

서울대학교 인문대학 불어불문학과를 졸업하고 동대학원에서 문학석사학위
를, 프랑스 파리 10대학(낭테르)에서 문학박사학위를 받았다.
현재 서울대학교 불어불문학과 교수로 재직중이다.
프랑스 현대 소설과 자서전에 대해 다수의 논문을 썼으며, 현재 프랑스 비평
과 철학에 많은 관심을 기울이고 있다.

사랑과 죽음의 유희

2008년 6월 10일 초판 1쇄 발행

지은이 　로맹 롤랑
옮긴이 　유 호 식
펴낸이 　윤 형 두
펴낸데 　범 우 사

등 록 　1966. 8. 3 　제 406-2003-048호
413-756 경기도 파주시 교하읍 문발리 525-2
전 화 　031)955-6900~4, FAX / 031)955-6905

잘못된 책은 바꾸어 드립니다. 　교정·편집/변연경·김왕기

ISBN 978-89-08-08079-9 04860 　(홈페이지) www.bumwoosa.co.kr
978-89-08-08050-8 (세트) 　(E-mail) bumwoosa@chol.com

배낭속의 친구

「범우문고」

각권 값 2,800원

▶전국 서점에서 낱권으로 판매합니다
▶계속 출간됩니다

• 범우문고가 받은 상

제1회 독서대상(1978), 한국출판문화상(1981), 국립중앙도서관 추천도서(1982), 출판협회 청소년도서(1985), 새마을문고용 선정도서(1985), 중고교생 독서권장도서(1985), 사랑의 책보내기 선정도서(1986), 문화공부부 추천도서(1989), 서울시립 남산도서관 권장도서(1990), 교보문고 선정 독서권장도서(1994), 한우리독서운동본부 권장도서(1996), 문화관광부 추천도서(1998), 문화관광부 책읽기운동 추천도서(2002)

1 수필 피천득
2 무소유 법정
3 바다의 침묵(외) 베르코르/조규철·이정림
4 살며 생각하며 미우라 아야코/진웅기
5 오, 고독이여 F.니체/최혁순
6 어린 왕자 A.생 텍쥐페리/이정림
7 톨스토이 인생론 L.톨스토이/박형규
8 이 조용한 시간에 김우종
9 시지프의 신화 A.카뮈/이정림
10 목마른 계절 전혜린
11 젊은이여 인생을… A.모로아/방곤
12 채근담 홍자성/최현
13 무진기행 김승옥
14 공자의 생애 최현 엮음
15 고독한 당신을 위하여 L.린저/곽복록
16 김소월 시집 김소월
17 장자 장자/허세욱
18 예언자 K.지브란/유제하
19 윤동주 시집 윤동주
20 명정 40년 변영로
21 산사에 심은 뜻은 이청담
22 날개 이상
23 메밀꽃 필 무렵 이효석
24 애정은 기도처럼 이영도
25 이브의 천형 김남조
26 탈무드 M.토케이어/정진태
27 노자도덕경 노자/황병국
28 갈매기의 꿈 R.바크/김진욱
29 우정론 A.보나르/이정림
30 명상록 M.아우렐리우스/최현
31 젊은 여성을 위한 인생론 펄벅/김진욱
32 B사감과 러브레터 현진건
33 조병화 시집 조병화
34 느티의 일월 모윤숙
35 로렌스의 성과 사랑 D.H.로렌스/이성호
36 박인환 시집 박인환
37 모래톱 이야기 김정한
38 창문 김태길
39 방랑 H.헤세/홍경호
40 손자병법 손무/황병국
41 소설·알렉산드리아 이병주
42 전락 A.카뮈/이정림
43 사노라면 잊을 날이 윤형두
44 김삿갓 시집 김병연/황병국
45 소크라테스의 변명(외) 플라톤/최현
46 서정주 시집 서정주
47 사람은 무엇으로 사는가 L.톨스토이/김진욱
48 불가능은 없다 R.슐러/박호순
49 바다의 선물 A.린드버그/신상웅
50 잠 못 이루는 밤을 위하여 C.힐티/홍경호
51 딸깍발이 이희승
52 몽테뉴 수상록 M.몽테뉴/손석린
53 박재삼 시집 박재삼
54 노인과 바다 E.헤밍웨이/김회진
55 향연·뤼시스 플라톤/최현
56 젊은 시인에게 보내는 편지 R.릴케/홍경호
57 피천득 시집 피천득
58 아버지의 뒷모습(외) 주자청(외)/허세욱
59 현대의 신 N.쿠치키(편)/진철승
60 별·마지막 수업 A.도데/정봉구
61 인생의 선용 J.러보크/한영환
62 브람스를 좋아하세요… F.사강/이정림
63 이동주 시집 이동주
64 고독한 산보자의 꿈 J.루소/염기용
65 파이돈 플라톤/최현
66 백장미의 수기 I.숄/홍경호
67 소년 시절 H.헤세/홍경호
68 어떤 사람이기에 김동길
69 가난한 밤의 산책 C.힐티/송영택
70 근원수필 김용준
71 이방인 A.카뮈/이정림
72 롱펠로 시집 H.롱펠로/윤삼하
73 명사십리 한용운
74 완손잡이 여인 P.한트케/홍경호
75 시민의 반항 H.소로/황문수
76 민중조선사 전석담
77 동문서답 조지훈
78 프로타고라스 플라톤/최현
79 표본실의 청개구리 염상섭
80 문주반생기 양주동
81 신조선혁명론 박열/서석연
82 조선과 예술 야나기 무네요시/박재삼
83 중국혁명론 모택동(외)/박광종 엮음
84 탈출기 최서해
85 바보네 가게 박연구
86 도왜실기 김구/엄항섭 엮음
87 슬픔이여 안녕 F.사강/이정림·방곤
88 공산당 선언 K.마르크스·F.엥겔스/서석연
89 조선문학사 이명선
90 권태 이상
91 내 마음속의 그들 한승헌
92 노동자강령 F.라살레/서석연
93 장씨 일가 유주현
94 백설부 김진섭
95 에코스파즘 A.토플러/김진욱
96 가난한 농민에게 바란다 N.레닌/이정일

미국 수능시험주관 대학위원회 추천도서!

위한 책 최다 선정(31종) 1위!

세계문학

156권
▶계속 출간

▶크라운변형판
▶각권 7,000원~15,000원
▶전국 서점에서 낱권으로 판매합니다

★ 서울대 권장도서
● 연고대 권장도서
◆ 미국대학위원회 추천도서

범우고전선

시대를 초월해 인간성 구현의 모범으로 삼을 만한 책을 엄선

▶ 계속 펴냅니다

범우사 경기도 파주시 교하읍 문발리 525-2 출판문화정보산업단지 전화 031-955-6900~4
http://www.bumwoosa.co.kr 이메일 : bumwoosa@chol.com